KB181267

한국 희곡 명작선 126

최후의 전사

한국 희곡 명작선 126

최후의 전사

한민규

평민사

한민규

최후의 전사

"혁명을 위해서, 대의명분을 위해서,
난… 갈 거야."

등장인물

김도훈 – 삼별초 수장 김통정의 서열 꼴찌 부관. 김통정이 죽고
 그의 뒤를 이어 제2의 혁명을 준비하는 지휘관.(40대 초반)

진청화 – 삼별초 하급 장수 여자. 김통정을 우상으로 여기는 충
 직한 부하.(30대 중반)

자혁 – 삼별초 하급 장수. 과거 고위직들한테 당해왔던 상처로
 고위직들이라면 무조건 죽여야만 한다는 도적 출신의 무
 관.(30대 후반)

강평도 – 삼별초 일개 군졸에 불과하지만. 순수하고 정의감 있는
 심성 하나만으로 김통정의 심복이 된 남자.(30대 초반)

유송 – 왕실의 문관이자 사관이었지만 왜곡된 역사를 고치고자
 앞장서서 왕실로부터 추방당한 인물.(70대 초반)

방호 – 어부의 아들로 삼별초로부터 고용되어 뜻하지 않게 제2
 의 혁명을 준비하게 되는 평민.(30대 초반)

여월 – 고려정부 수장 김방경의 딸이자, 삼별초 수장 김통정의
 연인(30대 중반)

김통정 – 삼별초의 수장. 삼별초들의 정신적 지주이자 고려 최강
 의 무관이자 1당 만의 장군이라 무신이라고 불리는 무인의
 전설.(40대 중반)

外

-2017 대전창작희곡공모 우수상 수상작-

제1장

1273년 탐라(제주도). 노을이 있는 선착장. 삼별초 함대의 갑판 위.
진청화의 지휘 아래 배의 갑판 위에 짐을 푸는 사람들의 행렬이
이어진다.
이 행렬을 따라 짐을 들고 등장하는 강평도와 방호

강평도 근데 이건 왜 여기다 싣는 거야?

방호 그거야 내가 아나? 대장이 알지.

강평도 하긴… 근데, 진짜 몽골군과 왕실측 군대가 15만군이야?

방호 15만인지는 모르겠고, 여기 탐라 성벽 전체를 에워싸고도
남을 정도의 군대래.

강평도 (겁에 질려) … 막을 수 있을까?

이때. 진청화 등장.

진청화 이봐. 신참! 재수 없는 소리 그만해. 넌 생각할 필요 없어.
생각은 대장이 하니까. 우린 패주하고 도망칠 왕실놈들의
수장 김방경의 목을 떨굴 기습작전만 준비하라고.

강평도 기… 기… 습이요? 고작 4척의 함대로요?

방호 대장은 무신이야. 예전에 무인들에게 사로잡힌 배중손수

7

장을 혼자 힘으로 구했잖아. 적들이 4천 명이었대. 4척의
함대여도 우린 대장만 있으면 이긴다고.

진청화 방호야. 대장도 사람이야. 의지만 하지 말고 우리가 힘이
되어줄 생각을 해야지.

방호 … 네.

진청화 아무튼 해 떨어지기 전에 남은 짐 얼른 실어. 난 옆의 함선
에 가볼 테니까.

방호 네!

진청화 퇴장.

강평도 아무리 봐도 이상해. 다들 왜 이긴다는 확신에 차 있는
거지.

방호 야, 여기 탐라의 성벽은 유송어르신이 설계한 만큼 난공
불락이야.

강평도 그래도 진짜 이길 거라면 대장이 왜 나한테… (말을 하려다
가 머뭇거리며)…

방호 뭐, 뭔데?

이때, 김통정과 김도훈 등장
이 둘이 등장하자 강평도와 방호, 하던 얘기를 중단하고 엄격하게
제식을 갖춘다.

강평도 · 방호   충!

김통정   자식들, 이럴 때만 힘 줘. 전투할 때는 비리비리해갖고.

강평도   죄송합니다.

김통정   평도야. 내가 내린 임무는 잘 수행하고 있지?

강평도   … 네.

김통정   그래, 믿는다. 방호, 넌?

방호   네. 모든 선박의 보수 공사를 마쳤습니다. 언제라도 출항 할 수 있습니다.

김통정   그래, 앞으로도 그런 건 똑 부러지게 하라고. 그럼 일 봐.

이때, 자혁 성이 난 듯 칼을 들고 다급히 등장한다.

자혁의 뒤를 따라 진청화도 다급히 들어온다.

자혁   대장, 대장!

진청화   (자혁을 막으며) 거기 서지 못 해? 그만해.

자혁   (뿌리치며) 놓으라고! (김통정에게) 대장!

김도훈   (자혁을 막으며) 이봐. 너 왜 이래? 그 칼 내려놓지 못해?

진청화   제가 알아서 처리하겠습니다. 부관님. (자혁에게) 그만하라고.

진청화, 자혁의 칼을 빼든 손을 잡는다.

하지만 자혁은 흥분한 듯 진청화를 강하게 밀친다.

김도훈   이 새끼가!

김도훈, 보다 못 해 나서려고 하자, 김통정이 막는다.
강평도와 방호는 자혁의 살기에 눌려 얼어붙는다.

김통정   뭘 그리 성을 내고 그러냐? 다 가라앉혀.

김도훈   하지만 대장.

김통정   내 말대로 해.

김도훈, 화를 가라앉히며 뒤로 물러난다.

김통정   (강평도와 방호에게) 너희들은 신경 쓰지 말고 일 봐.

강평도·방호   네.

강평도와 방호 퇴장한다.

자혁   하나만 물읍시다. 대장이 왕실놈들 다 풀어줬수?

진청화   너 어디서 생트집을 잡고 그래? 그걸 왜 대장께서---

김통정   그래, 내가 풀어줬다.

진청화   (놀라며) 대장?

자혁   (히스테릭하게 웃는다) 그 새끼들을 왜 풀어줬소? 왕실놈들이 우리 새끼들 모가지 따서 창꼬챙이에 죄다 꽂고 전시하는 것 못 봤소?

김통정   그야 봤지.

자혁   근데 왜 그랬수?

김통정	그들이 무슨 죄가 있냐? 윗대가리놈들이 문제지. 그래서 년 어떻게 하고 싶었는데?
자혁	눈에는 눈 이에는 이요, 난 그 왕실 포로놈들 내장까지 죄다 뽑아서 대가리에 칭칭 감아 성문에 전시하려고 했소. 근데 대체… 왜 그랬소? 분하지 않소? 난 그 왕실 새끼들만 보면 이가 갈린단 말이오.
김통정	가라앉혀라.
자혁	그리고 이건!
김통정	가라앉히래도.

자혁, 김통정의 위엄에 눌린 듯 더 이상 부정을 못하듯 고개만 외면한다.

자혁	대장은… 항상 이런 식이죠. 헌데, 그것도 방금 전 말까지만 들어주겠소. 오늘, 내가 나가 뒈지든 간에 선봉에 서서 왕실놈들 목을 죄다 쳐내겠소. 그땐 막지 맙시다. 알겠소?
김통정	그래, 하지만 넌 기습작전을 수행할 후발대다.
자혁	네? 집어치우쇼. 내가 왜 후발대요? 날 선봉으로 임명해주쇼. 날!
김도훈	어린애 같은 소리는 그만해. 수장의 명령에 따르는 것이 우리 삼별초의 법도다.
자혁	허약체 같은 놈들을 후발대로 배치시키고 날 선봉대에 임명해달라고요!

진청화　(참다 못 해 자혁의 멱살을 잡으며) 정신 차리라고. 도적질 하던 것이 전장인 줄 착각하나본데, 혼자만 쌈질 한다고 해서 되는 게 아니라고.

자혁　(칼을 뽑아들며) 내가 도적질 얘기 하지 말랬지? 이 계집년이 뒈질라고.

김통정　(자혁의 칼을 맨손으로 잡으며) 이봐.

자혁　놓, 놓으슈. 다치슈.

김통정　빼봐.

진청화　대장, 어서 놔요.

김도훈　대장.

김통정　(자혁에게 가까이 다가가서) 혁아. 힘의 종류는 너무나도 많아. 난 너의 힘을 선봉에서 쓰기보다는 후발대에서 쓰고 싶은 것뿐이야. 후발대는 뒤처지는 부대가 아니라, 마지막 승부수를 갖고 있는 최정예부대다. 그러니 믿을 수 있는 사람이 있어야만 하는 거야.

자혁　… 아, 알았소. 알았으니까, 어서 놓으슈. 다친다 하지 않습니까? 어서요.

김통정　(칼을 놓으며) 믿는다. 자혁.

자혁　알았소.

자혁 퇴장.

진청화　죄송합니다. 대장. 저 녀석이 도적질 하던 버릇을 못 버리

고---

김통정   아냐. 저런 녀석도 필요하다고. (사이) 함선의 준비는?

진청화   마무리 단계입니다. 다음 작전을 내려주십시오.

김통정   그건 우리 김부관을 통해서 들려주도록 하지. 전원 마무리 되면 갑판 위로 모아주게.

진청화   … 네.

진청화 퇴장.

김도훈   대장. 일본으로부터는 아직까지 서신이 없습니까?

김통정   없다. 지원군이든 뭐든, 그런 건 기대하지 말자고.

김도훈   그래도 이 전쟁에서 우리가 밀리면, 지들한테 피해가 갈지 모르는 거 아닙니까? 몽고놈들은 대대적으로 일본 정벌을 내세우고 있는데, 근데 왜 그렇게 지들 실속만 챙기는지.

김통정   그게 세상사다.

김도훈   진짜 무엇 때문에 이렇게 싸우고 있는지 모르겠네요.

김통정   도훈아.

김도훈   네?

김통정, 김도훈에게 대련의 의미로 칼을 건네주며.

김통정   넌 지금 이 상황에서 뭐가 제일 화나냐?

김도훈   무슨 말씀이신지…

김통정   무엇 때문에 싸우고 있는지 모르겠다며? 그걸 한 번 되짚
        어 보자고. 우리 방식대로. (한 합 주고 받으며)

김도훈   새 시대가 열리지 않아서 그런 거 아닐까요?

김통정   마, 그런 배운 놈들 같은 말 쓰지 마. 속이지 말라고. 그냥
        우리 식대로 말해봐.

김도훈   그야 너무도 많죠.

김통정   그니까 그게 뭔데?

김도훈   우린 삼별초 아닙니까?

김통정   그래서?

김도훈   우린 이 땅을 외적들로부터 수십 년간 지켜낸 삼별초잖아
        요. 우린 영웅이라고요. 그런데 우리가 왜 반란군이라고
        불려야 합니까? 왕실을 도와 무신정권도 척결했잖아요.
        무신정권만 척결하면 우리 신분을 상승시켜준다고도 했
        잖아요.

김통정   한때는 되었잖아. 왕실 정규군이.

김도훈   죄다 미끼였죠. 우리에게 왕실 정규군이라는 명분만 주고
        일본 원정을 가라고 했잖아요. 이건 죄다 죽으라는 말 아
        닙니까. 더군다나 별초들 중 대대장급들은 별초가 아닌
        양 왕실 측에 붙어 자리 하나씩 맡고 있고 실속만 차리지
        않습니까! 화 날 일이 너무도 많죠!

이때 맞부딪치는 칼날, 결국 김도훈의 칼을 떨구는 김통정, 주저앉

는 도훈.

김통정 자식. 연설가 됐네. 근데, 그것보다 더 원초적인 건 뭐 없어? 진짜 네가 화나는 거.

김도훈 (한참을 고민하다가 말을 못하며) … 무슨 말인지 모르겠습니다.

김통정 하하, 난 말이야, 음… 딱 하나가 화 나.

김도훈 뭐죠?

김통정 항상 잠에 들 때면 내일도 무사히 살 수 있을까… 라는 생각이 이상하게 태어날 때부터 한 번도 안 든 적이 없어. 그래서 내일을 살려고 칼을 들었는데, 제길, 더 불안한 거야. 한 번은 내 손에 잡힌 물집에서 내가 죽인 애들이 보이더라. 그렇게 하루하루를 어떻게든 살아내고자 사람들을 죽였는데, 이제는 어떤 생각이 드냐면, 쓰벌… 하… 오늘도 내 새끼들이 무사히 살 수 있을까. 라는 생각이 든다는 거야.

김도훈 대, 대장.

김통정 도훈아. 넌 왜 칼을 들었냐?

김도훈 저도… 뭐, 음… 살기… 위해서죠.

김통정 근데 너 왜 나랑 같이 있냐? 나랑 있으면 살 것 같아?

김도훈 무슨 소리를 하십니까? 이렇게 잘 살고 있잖아요. 지금까지 수도 없이 이겼고요. 5만, 10만도 꺾었는데 그깟 15만, 못 꺾는다는 법 없지 않습니까? 우린 이깁니다. 이겨서 또 이렇게 대장과 시시콜콜한 얘기를 하며 살겠죠.

김통정 됐다. 이놈아.

김도훈 그리고 대장 옆에 있는 게 꼭 살기 위해서만은 아니에요. 목숨보다 중요한 게 의리 아닙니까? 우린 만인이 평등한 세상을 만들어야죠. 피를 나눈 형제. 삼별초니까요.

김통정 말은, 참.

이때 유송, 짐을 싸들고 들어온다.

김통정 어이 영감. 이 시간에 무슨 일이야? 그렇게 짐을 잔뜩 싸들고 또 약주가 땡기나?

유송 허허, 약주는 지난 번 대장과 같이 오키나와에서 건너온 술을 먹은 뒤로는, 입맛이 달라졌는지 그 어떤 술도 생각이 안 납니다.

김통정 그래, 그것 참 맛있었지. 그놈들은 술을 잘 담그나봐.

유송 뭔가 독특하더라고요. 역시 문명은 자연을 못 따라가나 봅니다. 오키나와는 문명조차 발전하지 않은 소국인데 그곳에서 건너온 음식들은 죄다 묘한 맛이 있었죠.

김통정 맞아. 기회가 되면 한번쯤 더 가보고 싶었지. 만약 가게 되면 그것도 영감의 역사서에 기록 좀 해줘.

유송 그러려고 이렇게 잔뜩 들고 다니는 것 아닙니까? 하루라도 이 나라의 역사를 적지 않으면 잠이 안 온다고요.

김통정 하여간, 영감의 고집은 못 따라간다니까, 아예 황천길까지 역사서를 싸갖고 가지 그래?

유송 물론, 그래야죠. 이게 제 유일한 낙인데.

김통정	그 나이에 낙이 있어서 부럽소. 그래서 그 얘기를 하려고 온 거요?
유송	음… 실은 말입니다. 다름 아니라, 배에 타겠다는 주민들이 삼백여명이 되는데 어떻게 할까요?
김도훈	배에 주민들을 태운다뇨? 무슨 도망갈 계획을 세웁니까? 이 배는--
김통정	태우도록 하죠.
김도훈	대장. 무슨 소리입니까? 엄연히 목적이 다르잖아요. 이 배는, 김방경의 목을 딸 기습작전용 아닙니까?
김통정	내 말대로 해.
김도훈	하… 알겠습니다.
김통정	영감. 부탁해.
유송	알겠소.

김통정, 김도훈, 유송 퇴장.

무대 한 공간 밝아지면, 배의 물자창고. 여월, 숨어 있다. 이때 다급히 등장하는 강평도.

여월	그이는요?
강평도	갑판 위에 계십니다.
여월	괜찮은 거죠?
강평도	네. 대장의 표정은 평소와 다름없습니다.
여월	아무래도 안 되겠어요. 제가 가서 아버지께 사죄를 해야

겠어요. 저만 죄를 구하면 모두 무사할 거 아니에요?

강평도　아가씨께 말씀 안 드렸지만 김방경장군은 삼별초에 연루된 사람들은 친족이든 상관없이 모두 다 목을 따서 창틀에 꽂아 전시해둔 상태입니다. 아가씨가 돌아가셔서 달라지는 것은 아무것도 없어요.

여월　그럴 리가…

무대 다른 한 공간 밝아지면, 진청화 등장하며.

진청화　군졸 모두에게 명한다. 삼별초의 수장이신 김통정 총대장님께서 중대 사항을 발표할 터이니, 모두 갑판 위로 집합하라!

모두　(소리만) 충!

강평도　(여월에게) 잠시만 기다려주세요. 곧 다시 올게요.

무대 전환되면 배 갑판.
진청화의 지시 하에 자혁, 김도훈, 방호를 비롯한 모든 군졸 모이면 김통정, 김도훈, 유송이 등장한다. 그들이 등장하자 진청화 단상 위로 그들을 안내하며
김통정, 제단 위에 올라선다. 삼별초들의 뜨거운 환호.

김통정　(선착장의 군졸들을 응시하며) 수장이라, 그냥 싸움꾼 김통정이라고 기억해라. (사이) 알다시피 오늘은 우리 삼별초가 외

적과 손잡은 왕실로부터 대고려를 지키기 위해 항쟁한 지 3년이 되는 날이다. 한 때 우리는 무신정권으로부터 고려를 지키기 위해 칼을 들었다. 그런 우리에게 왕실이 약속한 것은 혁명만 이루어진다면 우리를 왕실 정규군으로 받아준다는 것이었다. 하지만 혁명이 이루어진 다음에 왕실은 몽고놈들을 고려로 들이기 시작했으며 오직 삼별초만으로 일본원정을 갈 것을 명 내렸다. 그것이 나라를 지키는 길이라면 갔다. 그것이 우리를 지키는 길이라면 갔다. 하지만 모든 지원을 끊은 채 우리를 그곳으로 모는 것은! 우리 삼별초가 일본원정을 가서 역사에 사라지기를 바라는 그들의 속내였다는 것이 드러났다. 그래서 우린! 우리의 마음을 알리고자 소리쳤지만 돌아온 건 우리를 반역자로 몬 그들의 행동뿐이었다. 우리가 반란군이 되고자 칼을 들었는가.

김통정 외 아닙니다!

김통정 그래서 나는 명한다.

모두 충!

김통정 지금 탐라의 성벽을 에워싼 연합군의 전력은 15만에 이른다. 우리는 고작 4천이다. 그렇기 때문에 나는, 우리 삼별초가 최후의 승자로 남기 위해, 여기 있는 300여명의 제 5군에게 새로운 임무를 명하고자, 4척의 함대를 준비시킨 것이다. 오늘 전장에서 저 성벽에 붉은 색 깃발이 올라오면, 이 함대는 적의 보급로를 끊어 적 수장의 목을 칠 기습작전을 시행한다. 하지만, 만에 하나라도 흰색 깃발이 올라오면 탐라를 벗어나 제2의 혁명을 준비하기를 명한다. 이것이 너희들에게 내리는 마지막 명령이다. 제2의 혁명에 대한 모든 판단은 제5군 지휘관 김도훈에게 맡긴다. 이상이다.

혼란스럽게 술렁이는 분위기.

김도훈　　대장. 무슨 소리입니까? 제2의 혁명이라뇨?

김통정　　(김도훈에게만 들리게) 뭐하는 거야. 다들 보고 있는데, 아무렇지 않게 행동해.

김도훈　　… 알겠습니다. 기필코 승리를 이룰 테니 붉은 색 깃발만 올려주십쇼. (모두에게) 별초들이여. 땅 위에 서 있는 오늘을 잊지 마라!

무두 포효하듯 함성을 지르며 흩어지는 사이 김통정 혼자 남자, 이때, 여월 도포로 얼굴을 가린 채 조심스레 등장한다.

여월　　　오빠.

김통정　　왜 나왔어? 내가 숨어 있으라고 했잖아.

여월　　　오빠도 여기에 타.

김통정　　바보같이, 수장이 후방에 있으면 어떡해.

여월　　　우리 아버지도 후방에서 지휘하시잖아. 오빠가 있어야 삼별초가 있는 거지.

김통정 여월아. 너, 내가 질 것처럼 보여? 나 김통정이야. 고려 최강의 무사, 김통정이라고.

여월 그럼… 나도 오빠 곁에 있을 거야.

김통정 (여월을 잡으며) 월아. 너, 어찌 되었든 이 전쟁에서 우리가 이기면 아버지를 지켜드리고 싶다며? 우리가 이기면 적들은 보급로를 지날 텐데, 그 보급로에 우리 5군이 있을 거라고. 여기 삼별초들이 김방경 어른을 보면 살려둘 것 같아? 발견하자마자 사살될 거야. 네가 그걸 막아야지. 안 그래?

여월 나… 진짜 어디서부터 잘못된 건지 모르겠어. 왜 오빠하고, 우리 아버지하고… 이렇게 되었는지…

김통정 그걸 오늘 다 끝내는 거야. 좋게. 그러니까, 내 말 들어.

이때, 강평도 등장.

강평도 (여월에게) 여기에 계시면 어떡해요. 얼른 들어가시죠.

여월 하지만…

김통정 애 말이 맞아. 그러니까 얼른 들어가.

여월 오빠… 꼭 이겨.

김통정 나 김통정이라니까. (강평도에게) 평도야. 얼른 데리고 들어가.

강평도 네. 알겠습니다.

강평도, 여월을 데리고 들어간다. 김통정, 여월의 뒷모습을 측은하
게 바라본다.

김통정 그래, 나… 무신… 김… 통정… 이라고.

제2장

반 나절 후, 밤.

적막함 속에 칼소리가 나며 이곳저곳에서 온갖 비명소리가 울려 퍼지며 무대 천천히 밝아진다.

배의 갑판 위에 김도훈, 진청화, 유송이 탐라성에 깃발이 올라오는지를 노심초사 기다리고 있고, 파수대에는 방호와 강평도가 탐라성의 전장을 자세히 관찰하고 있다.

하지만, 자혁은 갑판 안쪽에서 그저 누워서 눈을 부치고 있다.

이때 무대 밖 성벽에서 －쾅－하고 무언가 터지는 소리가 들린다.

방호　뭐. 뭐야? 말도 안 돼.

강평도　어떻게 저런 바위가 날아다니지.

김도훈　영감님. 저건 뭐죠?

유송　들은 적이 있어. 몽골군이 최근에 만든 대형 발석거라는데 100여명의 사람이 한 조가 되어 사람 몸집보다 큰 바위를 날린다고 하던데, 그게 말이 되나, 당연히 없을 줄 알았지.

진청화　혹시 성벽은 괜찮을까요?

유송　글쎄, 이렇게 멀리서 보니 잘 모르겠지만 그래도 내가 이 땅에 있는 성벽 중에서는 가장 튼튼하게 설계했으니…

이때 무언가 타는 소리.

방호   저, 성… 성에서… 연기가 올라와요.

김도훈   자세히 봐봐. 뭐야?

강평도   불… 불입니다. 성이 빨갛게 타오르고 있습니다.

방호   성이 흔들리고 있어요!

진청화   말도 안 돼,

방호   저 성벽이!

강평도   성벽이!

기괴하리만큼, '우르르르' 성문이 무너지는 소리가 들린다.

강평도   … 무너졌어요.

김도훈   똑바로 봐. 저 성벽이 어떤 성벽인데 이렇게 빨리 무너진
           다니 말이 돼?

유송   (자세히 관찰하며) 아니야, 진짜야. 무너졌어. 저 성벽이… 무
           너졌다고…

방호   불이 더 크게 번지고 있습니다.

강평도   (겁에 질려) 15만 대군이 탐라의 성으로 밀어닥칠 거야…

방호   그래도, 대… 대장이 있으니.

진청화   부관님. 어서 명령을 내려주세요.

김도훈   기다려봐. 아직 깃발은 올라오지 않았어.

진청화   정신이 없어서 신호를 못 보내고 있을지 어떻게 알아요?

김도훈	대장이 그럴 사람으로 보여? 우리 대장이라고. 무신이라고.
진청화	그래도 저렇게 연기가 나는데… 깃발이 타서 없어졌을 수도 있잖아요.

이때 자혁, 칼을 번쩍 들고 일어선다.

자혁	다 지랄하고 자빠졌네. 무슨 명령을 기다리고 있어? 난 간다. 가서 저 왕실놈들 목을 죄다 쳐내고 올 테니까 네들은 얌전히 명령이나 기다리라고.
진청화	나도 같이 가.
유송	안 돼. 자네들이 가면 후문이 개방 되네. 그럼 이 배의 위치가 탄로 날 거야.
자혁	영감. 힘이 없으면 그냥 자빠져 계시우. 뭐가 중요한 지 아직도 모르시우?
김도훈	가만히 있어! 여기 함장은 나야! 대장의 신호가 없을 시에는 내가 전권대리를 한다.

이때 '꺼어어어어어억' 하며 성문이 열리는 소리.

방호	으악!
김도훈	무슨 일이야?
방호	탐라성의…… 후문까지 개방되었습니다.
김도훈	뭐라고?

강평도   탐라의 주민들이 성문을 연 것 같습니다.

유송   저런… 주민들도 겁에 질린 거지. 저기 있다가는 언제 죽을지 모르니까.

강평도   주민들이 다 이쪽으로 도망쳐오고 있어요.

유송   추격대가 따라붙을 걸세. 여기 위치도 이제 탄로 날 거라고.

이때 반대편에서 말발굽소리가 난다.

방호   서쪽에 몽고놈들의 기마부대도 보입니다.

김도훈   그게 말이 돼? 똑바로 좀 봐. 기마부대가 이곳에 어떻게 있어?

강평도   진… 진짜예요. 서쪽에 몽고놈들의 함선이 죄다 정박해있습니다. 저기서 기마부대가 내리고 있어요.

다들, 놀란 듯 유심히 관찰한다.

자혁   뭐… 뭐야, 뭐 저리 많아?

유송   저건… 진짜 탐라 전체를 에워쌀 정도군.

강평도   제길, 끝났어… 다 끝났다고.

방호   그래도 대장이…

자혁과 진청화, 몽고군의 기마부대를 보자, 조금 전의 싸우겠다는 기색은 살짝 없어진 듯한 느낌이다.

이 외에 모든 사람들은 겁에 질려 있다.

유송   이보게. 부관. 어서 지휘를 하게. 지체하다가 혼란이 일거야.

진청화   대, 대장에게 갑시다.

강평도   대장한테요?

말발굽 소리가 점점 가까이 들린다.

유송   이보게. 부관. 어서 명령을 내리라고!

김도훈, 고민하는 사이, 주변의 눈치를 살핀다.

김도훈   제… 제… 5군은… 5군은… 흰색 깃발의 명을 받은 거다.

술렁이는 분위기.

자혁   부관님. 무슨 흰색 깃발이오? 대장께서 붉은 색 깃발을 들
었을지 어떻게 아쇼?

김도훈   저걸 보고도 그런 소리가 나와? 저 지경에 대장이 붉은 색
깃발을 들었겠냐고!

진청화   하지만 부관님. 우린 피를 나눈 형제잖아요. 아무리 흰색
깃발의 명을 받았다 해도.

김도훈   나도 싸우고 싶다고! 너희들만 형제야? 너희들만 피를 나

녔어? 나도 나눴다고! 근데 대장이 말했다. 흰색깃발이 올라오면 제2의 혁명을 준비하는 거라고.

자혁　무슨 제2의 혁명이야? 김방경의 목만 따면 승패는---

유송　15만이네. 15만을 뚫고 어떻게 김방경까지 다다를 수 있겠나? 현실을 보라고.

자혁　하… 하지만………

유송　부관님 말 듣게나. 지금 여기에는 민간인들도 타 있다고.

강평도　근데, 이 배로 다가오는 주민들은 어떻게 합니까? 방치했다가는 사살될 거라고요.

유송　조금만 기다렸다가 저들을 태우고 출발하는 건 어떤가?

방호　주민들 뒤에 몽고군들이 따라붙고 있습니다!

김도훈, 잠시 고민을 하며 주변을 더 관찰한다.

김도훈　… 포기하겠습니다. 저들을 기다렸다가는 제2의 혁명의 기회마저 날아갑니다. 우린 이 배에 탄 주민들을 지킬 의무와 혁명을 이룰 사명이 있습니다.

강평도　하… 하지만,

김도훈　(결심하며) 제군들에게 명한다.

진청화　안 돼요. 대장이,

김도훈　지금부터 우리는 제2의 혁명을 시작한다.

진청화　안 된다고요! 대장이 저기 있잖아요!

김도훈　1차 목적지는 여기를 벗어날 수 있는 인근의 섬이면 어디

든 좋다. 그럼 제2의 혁명을 위해 전 함대 출항한다!

방호 네. 알겠습니다.

배 출항하는 바닷물소리 점점 커지며 무대를 에워싼다.

자혁 쓰벌놈들! 죄다 개판이야.

방호 (객석 선원들에게) 노를 빨리 빨리 안 젓고 뭐하는 거야! 다 수장되고 싶어?

유송 망설일 필요는 없소. 이미 목적지는 정해진 거요. 그러니, 움직입시다. 어서요.

강평도 저러다가 다 죽겠어…

진청화 아… 안 돼. 저라도 내려주세요. 대장이… 대장이!

위의 사람들의 목소리 이리저리 마구 뒤섞인다.

김도훈, 이들의 모습을 보며 혼란스러워하며 함장실로 들어간다.

김도훈 (털썩 주저앉으며) 맞아… 대장은 민간인들을 맡겼어. 그들을 왜 태웠겠어? 처음부터 기습 따위는 생각이 없었을 거야… 제2의 혁명을 생각하고 있던 거라고. 그러니까 이건, 제2의 혁명이야. 제2의 혁명… 제길… 왜 나한테 제5군을 맡긴 거야,

이때, 무대 후면의 제단 밝아지면, 김통정, 패전하는 전장에서 홀

로 버티고 있다.

김통정 난 김통정이외다. 고려 정부의 개, 김통정이 아니라! 내 가
족들을, 핍박받는 천민들과 노예들을 지켜낼 삼별초의 김
통정이다. 이 나라를 외적들에게 팔아먹으려는 왕실놈들
을 처단할 김통정이고, 네놈들의 횡포를 지옥 끝까지 막
아설 김통정이며! 네놈들의 흉측한 심장에 삼별초의 칼을
박아 넣을 김통정이다!

김도훈, 잠시 고민하다가,

김도훈 만약, 대장이라면 이렇게 도망쳤을까? 맞서 싸우지 않았
을까? 아냐, 본인 입으로 제2의 혁명을 준비하라고 했잖
아. 우린 다들, 싸우고 싶은 거라고. 아무 조건 없이 '싸우
라'고 한 마디만 했으면 다 싸웠을 거라고…

김통정, 거의 반 실신 상태로 간신히 버티고 있다.

김통정 찔린다고 죽지 않는다. 태운다고 태워지지 않는다. 이 목
이 떨어진다 해도, 네놈들이 이기는 것은 아니다. 우리 삼
별초의 정신은 영원히 이어질 것이기 때문이다!

김도훈 제길! 지금이라도 돌아간다면… 아냐, 대장은 말했어. 삼
별초는 피를 나눈 형제… 그렇다면…

김통정 우리는 영원하다. 나의 의지는 그들에게, 그리고 그들의 의지는 이 세상으로. 영원히! 퍼질 것이다.

김도훈 영원히, 그래… 이 모든 것은 대의명분이야. 대의명분으로 살 수밖에 없는 거라고. (시니컬하게 웃으며) 우린 제2의 혁명을 이룰 삼별초니까.

김통정 나는…

김도훈 삼별초다.

김통정·김도훈 고려정부의 개, 삼별초가 아니라, 내 가족들을… 핍박받는 천민들과 노예들을… 지켜낼, 삼별초다. 천민, 노예도 내일이 보장된 세계를 열 삼별…초다.

김도훈 그러니까, 대장. 내가 도망친 게 아니라, 진짜 혁명을 위해 이런 선택을 했다는 걸 증명해보일게요. 삼별초로서 무슨 일이 있어도 반드시, 혁명을, 그 어떠한 일이 있어도… 반드시 새 시대를! 열겠어요.

김통정, 검에 몸을 지탱한 채 죽는다. 하지만 쓰러지진 않는다.
김도훈 하염없이 울음을 터뜨리며 주저앉는다.

제3장

보름 후, 배.

배의 물자창고. 강평도, 몰래 여월에게 식사를 가지고 온다.

여월   벌써 보름이나 흘렀어요. 아직 아무 소식이 없나요?

강평도   네… 저도 자세한 건… 모릅니다.

여월   오빠는요? 오빠는 어떤데요?

강평도   대, 대장도 아직 잘… 모르겠습니다.

여월   이 배가 어딘가로 움직였잖아요. 그럼 뭔가 진척상황이라
도 있을 거 아니에요? 무슨 깃발이 올라왔는데요? 흰색이
에요? 붉은 색이에요?

강평도   정말, 모른다고요.

여월   … 미안해요.

강평도   아, 아니에요.

사이.

여월   전… 언제까지… 여기 있어야 되나요?

강평도   조금만 기다려보세요. 제가 넌지시 부관님께 말씀드려볼
게요.

여월　　부관님도 제가 이 배에 탄 지는 모르시잖아요.

강평도　그건 걱정 마세요. 우리 부관님은요, 대장님을 끔찍이 존경한다고요. 대장 명령이었다고 하면 아무 말 없이 냉큼 다 이해해줄 거예요. 그러니까, 조금만 기다려주세요.

여월　　여긴, 아무도 안 들어오겠죠?

강평도　그럼요. 물자창고는 제 담당이라 다 제 허락 받고 들어오는데요. 그러니 아씨께서는 걱정 뚝 놓으시고 계세요.

여월　　고마워요.

강평도　아이, 뭐가요? 당연한 거니까 그런 말 마세요. 이따 저녁에 다시 들릴 테니까 그때까지 뭐 필요한 거 있는지 생각해두세요. 제가 어떻게든 구할 테니까요.

　　　　강평도 퇴장.
　　　　무대 전면 밝아지면, 갑판.
　　　　자혁, 식판을 방호에게 집어던진다.

자혁　　야, 밥이 이게 뭐야? 반찬거리가 그렇게 없냐? 부관한테는 진수성찬을 갖다 주면서 차별하는 거야, 뭐야?

방호　　아뇨, 물자창고도 거의 다 바닥이 나서, 남은 식량은 이 정도밖에 없다고 들었습니다.

자혁　　그럴 거면, 낚시라도 하던가 해서 식량을 채워야 할 거 아냐?

진청화　그만 해. 그렇게 식량 타령할 거면 본인이 직접 낚시라도 하던가.

자혁 나 혼자 낚시질 한다 해서 다 먹일 수나 있겠냐? 두 달을 버틸 식량이 민간인들 때문에 보름 만에 아작 났다고. 곧 우리가 뒈질 판이라고. 근데 부관놈은 직함 하나 달았다고 얼굴도 잘 안 보이고. 지가 마치 진짜 대장이나 함장이라도 되는 줄 아나봐.

진청화 너무 그렇게 몰아세우지 마. 그래도 대장께서 정해준 전권대리인이라고.

자혁 전권대리인이면 전권대리답게 행선지를 빨리 정해야 할 거 아냐? 이 아무것도 없는 외딴 섬에 언제까지 정박하게 할 건데? 다 굶어 죽을 때까지? (방호에게) 네 생각은 어때? 이건 해도 해도 좀 너무하다는 생각이 들지 않아?

방호 잘… 모르…

진청화 진짜 애한테 왜 그래? 너 못 먹어서 미쳤냐?

자혁 그래, 쓰벌, 미쳤다. 이럴 줄 알았으면 확 탐라에 남아서 왕실놈들 모가지라도 쳐내는 게 속이 시원했을 텐데, 그렇게 못해서 미쳤나보다. 어?

자혁, 벌컥 일어나서 어딘가로 가려한다.

진청화 어디 가?

자혁 뭐 먹을 것 있나 좀 보려고. 왜 안 되냐?

방호 거긴, 평… 평도가.

진청화   내버려둬. 물자창고에도 식량이 없는 거 알면 저 녀석도 변하겠지.

무대 전환되면 함장실. 회의 중인 김도훈과 유송.

유송   그래서 일본으로 가겠다고?

김도훈   네. 이것밖에 방법이 없습니다. 우리만으로 그 15만 대군을 어떻게 감당하겠습니까? 영감님 말마따나 김방경 근처라도 갈 수 있겠냐고요?

유송   하지만 우리가 탐라에서 전쟁 중일 때에도 그 어떤 서신도 받지 못했다네. 어떤 위험이 있을지도 모르는데 그걸 무턱대고 가서 설득하겠다고?

김도훈   외교상 문제가 있었을 수도 있겠죠. 대장께서는 일본과의 외교 자체를 시작부터 포기한 것이나 다름없었으니까요. 설사 외교가 성립이 되지 않는다고 하면 민간인들이라도 부탁해봐야죠. 우리도 어떻게든 이들을 빨리 해방시켜야 앞날을 준비할 수 있지 않겠습니까?

유송   그래… 알겠네… 민간인들만이라도 해방이 된다면… 그렇게 해야지.

김도훈   감사합니다. 그럼 그들한테도 잘 좀 말해주십쇼.

이때, 강평도가 들어오며.

김도훈 어, 무슨 일이야?

강평도 저… 실은 드릴 말씀이 있습니다.

김도훈 얘기해.

강평도 (눈치를 살피며) 그… 그게 부관님과 둘이서만 얘기를--

유송 허허, 알았네. 알았어. 나이가 먹으니 내가 눈치가 없어져서. 그럼 잘 얘기하세.

유송, 나가려는 찰나, 방호가 다급히 등장.

방호 대장. 정찰병이 돌아왔습니다!

김도훈 알았어. 바로 나가지. (강평도에게) 평도야. 우리 얘긴 이따 하자고.

김도훈 일행, 갑판으로 올라간다.
갑판에는 진청화와 정찰병이 있다.
정찰병, 사시나무 떨 듯 떨며 불안해한다.

진청화 그러니까, 뭐야? 어떻게 된 건데?

정찰병 그… 그게… 하…

김도훈, 유송, 강평도, 방호 갑판 위로 등장.

김도훈 어떻게 됐어?

진청화	아직까지 아무 대답이 없습니다.
김도훈	(정찰병의 어깨를 감싸며) 괜찮으니까, 본 대로만 말해봐.
정찰병	그… 그게, 탐라의 성문에 부관님들을 비롯해서… 대장의… 목… 목이 걸려있습니다.
진청화	(놀라며) 뭐?
방호	으… 으… 아하, 어떻게 대장이, 말도 안 돼.
정찰병	그리고 우리를 지지했던 백성들은 모두 노예로 팔려가거나, 노예가 되기를 거부하는 사람들은 생매장되었다고 합니다.
유송	짐승 같은 놈들! 아무리 적대했다 할지라도 어떻게 무기를 안 든 주민들한테…
진청화	부관님. 돌아가시죠.
강평도	돌아가다뇨? 지금 돌아가서 항전하는 것이야말로 개죽음이라고요.
진청화	적어도 우리 동료들의 목이 걸려있는 건 풀어줘야 하지 않겠어?
강평도	그러다가 우리까지 잡히면요. 민간인들까지 죄다 죽게 할 수는 없잖아요.
진청화	지긋지긋하게 구네. 뭐만하면 민간인, 민간인. 민간인이 없었으면 어떻게 할 뻔했니?
김도훈	평도의 말이 틀리진 않아. 항전을 하더라도, 우린 우리를 따라온 민간인들을 책임질 필요가 있어. 급선무는 이들을 먼저 해방시켜주는 거다. 혁명은 그 다음이야. 그러기 위

해서 우린 일본으로 향한다. 시행하도록.

진청화 부관님!

김도훈 군사 협조든, 민간인들의 해방이든 둘 중 하나가 급선무야. 이 상태로 어떻게 더 강행하겠어? 사람들 상태 안 보여?

진청화, 사람들의 모습을 훑어보자 모두 전의를 잃은 마냥, 기가 빠진 모습이다.

이때, 무대 밖에서 여월의 비명이 들리자 사람들 소리가 들리는 곳으로 시선 향하면, 자혁, 여월을 잡아끌고 나온다. 모두 놀라며,

자혁 나도 부관님 말에는 동감이야. 하지만 그렇다고 당하고만 있을 순 없잖아. 눈에는 눈. 이에는 이지!

자혁, 모두가 보는 앞에서 여월을 내팽개친다.

유송 아니, 저분은…

방호 여, 여월아씨예요!

자혁 네. 맞습니다! 그 고려정부의 수장 김방경 놈의 딸이죠. 우리 김통정 대장의 첩년이고요.

진청화 여월아씨? 어… 어떻게 된 상황이야?

자혁 그걸 내가 어떻게 알아? 지가 탔거나 아니면 누군가 숨겨줬겠지. 부관님. 혹시 부관님이 숨겨줬소?

김도훈 아니야. 누구 아는 사람 없어?

자혁	그럼 평도겠네. (강평도에게) 야. 물자창고는 네 담당이잖아. 말해봐. 네가 숨겨줬냐?

평도. 무슨 말을 하려고 하지만 자혁의 살기에 눌려 대답을 하지 못한다.

그러다가 잠시 후 대답을 하려고 결심한 듯 말하려고 하자,

강평도	그… 그건.
여월	(강평도의 말을 끊으며) 제가 직접 숨어들었습니다.
자혁	뭐? 네가?
여월	네. 김통정 대장께서 절 이 배에 타라고 했습니다. 정말입니다.
자혁	참나, 그래서 너 때문에 탐라에서 개죽음당한 우리 대장은 버리고 이렇게 혼자 탔다고?
여월	네? 죽다뇨? 그이가 죽었어요?
자혁	그래, 이 쌍년아. 사지가 갈기갈기 찢겨지고 모가지만 댕강 성문에 걸려있다고 한다.
진청화	(막으며) 그만해. (여월에게) 이봐요. 그래요… 진짜 우리 대장이 여기에 타라고 했다 쳐요. 근데 아무리 그래도 어떻게 당신이 여기에 탈 수가 있죠? 당신의 선동질로 얼마나 많은 백성들이 탐라로 이주해왔는지 아세요? 그들이 얼마나 많이 죽었는지 아세요?
여월	… 네? 무슨 소리죠?

김도훈 (여월에게) 여월양. 저도 한 가지만 묻고 싶습니다. 당신은 삼별초가 되는 것이 아니라, 연인으로서 대장의 곁에 있는 것을 원한 것 아니었습니까? 그런데 왜 이 배에 탔습니까?

여월 그… 그건…

자혁 들어볼 필요도 없소. 지도 살고 싶었던 거 아니겠소? 김방경이 친족이든 뭐든 삼별초한테 붙으면 다 척결했으니. 다들 잔말 말고 이 년 모가지나 따서 김방경한테 보내줍시다. 죽은 동료들의 몫도 있는 만큼 우린 이 년 하나를 더 심하게 도려내보자고요. 지손으로 못 죽인 걸 우리가 개처럼 죽인 걸 보면 분통해하지 않겠소? 그래도 지 딸년인데.

유송 무슨 소리야? 우리가 야만인인가? 우린 우리 같은 천민들도 내일을 무사히 살 수 있는 세상을 만들고자 항전한 삼별초야. 사람들을 지키는 군대라고. 다들 본분을 잊지 말게.

자혁 말 잘 했소이다. 그러니 우리 같은 천민들을 지켜야죠. 이 배에 탄 그런 민간인들 말이에요. 우린 왕실놈들한테 버림받은 부대 아닙니까? 근데 우리가 왜 왕실년까지 지켜야 되는데요? 안 그래요?

유송 그래도--

진청화 저도 자혁의 말에는 일부 동의합니다. 다만, 그렇게 잔혹하게 죽일 필요는 없다고 봐요. 깔끔하게 참형만 해서 목만 건네줍시다.

유송 자네까지 왜 그러나? 김통정 대장의 명령이라고 하지 않았나?

진청화   직접 들은 것이 아니지 않습니까. 부관님. 어서 명을 내려
주십시오.

김도훈, 고민하는 찰나.

여월   그럼, 당신들은요? 당신들은 대체 뭔데요! 상관이 죽음에
처해있을 때 그것을 같이 막는 게 부하들의 몫 아닌가요?
근데 당신들은 왜 이곳까지 도망쳐왔냐고요?

진청화   닥쳐. 우린 엄연히 제2의 혁명을 위한 부대다.

자혁   잔말 말고 죽입시다. (방호에게) 야, 다 모이라 해. 간만에 전
의 좀 불태워 보자고.

방호   네! 알겠습니다.

유송   뭐하는 거야, 그만하래도. (김도훈에게) 부관. 어서 말리지 않
고 뭐하는 거야?

김도훈   대장이 직접 말했다는 것은 여월양만 알고 있는 것 아닙
니까? 대장께서 최후의 최후까지 가장 믿었던 여자가 곁
에 없었는데, 어찌 보면 이건 대장에 대한 마지막 의리를
지키는 걸 수도 있지 않겠습니까? (여월에게) 아씨. 미안합
니다. 대장께서 직접 명령하지 않은 이상, 전 그 말을 믿을
수 없습니다. (모두에게) 여월양을 참형하겠습니다.

자혁   간만에 말이 통하네. 자, 어서어서, 다들 모아오라고.

유송   아니, 아니야. 이건!

진청화   (여월의 머리끄덩이를 잡으며) 따라와. 넌 모두가 보는 앞에서

죽여줄게.

여월 아, 나요. 제발…

여월, 서럽게 울지만 진청화, 아랑곳하지 않고 여월을 잡아끌고 가며, 자혁은 금세라도 목을 벨 기세마냥 살의가 가득하다. 강평도, 겁에 질려 아무 말도 못하고 있는 찰나,
몽환적인 빛 투영되면, 강평도의 옛 기억 속의 김통정 등장한다.

김통정 마. 사람들이 네 말을 못 믿어줄 것 같아? 네 상상이 너를 그렇게 만드는 거야. 내가 왜 널 받아들였겠어? 누구는 뭘 해서 나쁜 놈이고, 누구는 뭘 해서 착한 놈이고 이런 구분이 가장 무서운 거야. 근데 네 말마따나 네가 노예로 있던 시절에 네 주인은 성품이 좋았다며? 그게 중요한 거야. 우리 같이 못 배운 놈들은 고작 윗대가리 몇 몇 사람 때문에 왕실놈들은 죄다 그런가보다 하고 생각하기 십상이라고. 하지만 넌 아니잖아. 그래서 네가 필요한 거야. 그래서 너한테 이런 부탁을 하는 거고. 알아들었지?

다시 현실로 전환되면, 강평도, 자혁에게 달려가서 여월을 가로챈다.

강평도 멈춰요!

진청화 뭐?

강평도 제가 여월아씨를 숨겼어요. 여월아씨는, 대장 곁에 있고 싶어 했는데 대장이 여기에 강제로 태운 거라고요. 아씨를 이곳으로 끌고 온 게 저입니다.

여월 평도씨!

자혁 (평도의 멱살을 잡으며) 개자식. 그런데도 그렇게 입 꾹 다물고 있었어?

강평도 대장님의 마지막 유언이었으니까요.

진청화 유언이라니? 무슨 말이야?

강평도 … 대장은, 훗날 우리가 이긴다고 해도, 왕실 사람들을 다 적으로 몰아세워서는 안 된다고 했어요. 그래서 저한테 여월아씨를 맡긴 거고요.

자혁 이 새끼 말 들을 필요 없으니까 빨리 저년 목 칩시다.

김도훈 판단은 내가 해. (강평도에게) 말해봐. 대장이 진짜 너에게 부탁했어? 우리한테도 다 숨기라고?

강평도 … 네.

김도훈 왜?

강평도 앞으로 어떻게 될지 모르니까… 가장 급한 전쟁부터 마쳐야 될 상황인데, 만약 패주할 상황을 생각해서 일을 키우는 건 모두의 전의를 떨어뜨리게 되는 거잖아요.

방호 어, 어떻게 할까요? 사람들을 불러올까요?

자혁 불러.

김도훈 그만 둬. (강평도에게) 평도야. 나 똑바로 봐봐. 네가 한 말 진짜 믿어도 되냐?

사이.

| 강평도 | 그럼요. 사실입니다. (여월에게) 아씨. 그렇잖아요. 안 그래요? |
| 여월 | 평도씨의 말이… 맞습니다. |

김도훈 고민하는 찰나. 모두 김도훈의 대답을 기다리며 정적 되는 사이.

김도훈	(여월에게) 무례를 끼쳐드려 죄송합니다. (모두에게) 지금부터 여월아씨를 돌아가신 우리 대장의 뜻에 따라 삼별초의 식구로 받아들이도록 한다.
유송	잘 하셨습니다. 아주… 잘--
자혁	뭔 놈의 식구가 또 늡니까! (방호에게) 어서 사람들 불러오지 않고 뭐하는 거야! 죄다 불러! 저년 목을 지금 당장 떨구자고!
김도훈	감히 누구 앞에서 자꾸 명령질이야! 여기 함장은 나야! 네가 아니라고!
자혁	부관님. 함장이면 함장답게 정신을 차려야 할 거 아니우?
진청화	그만해. 상관의 명령에 불복하는 건 아냐.
자혁	제대로 된 명령이어야 들을 거 아니야?
김도훈	한번만 더 나불거리면 독방신세를 면치 못할 줄 알아.
자혁	뭐요? 날 쳐 넣는다고? 제정신이우? 이게 진짜!

이때, 흥분하여, 김도훈에게 향하는 자혁을 제압하는 진청화.

진청화　진정해. 자혁.

자혁　… 놓으라고.

김도훈　(진청화에게) 이 녀석을 투옥해. 어서!

진청화　부관님. 자혁은 분대장입니다. 투옥하다뇨?

김도훈　분대장이면 상관의 명에 불복해도 되나? (사이) 그리고 난 더 이상 네들의 부관이 아냐! 대장은 날 지휘관으로 임명했어. 난 네들의 수장이고, 네들은 내 부하야. 내 말을 어기는 것은 김통정 수장의 말을 어기는 것이고, 그것은 삼별초의 법도를 벗어나는 거야. 삼별초가 수장의 명에 불복하는 존재들이었나! 날 수장으로 받아들일 수 없는 사람은, 지금 당장, 이 배에서 뛰어내려!

진청화　죄, 죄송합니다.

유송　거… 이제 그만하게. 자혁. 뭐하나? 어서 사죄드리지 않고.

김도훈　(자혁에게) 이 도적새끼야. 옛날 일 기억나게 해줘? 넌 그때 김통정 대장 아니었으면 내가 목을 쳐버렸을 거야. 다신 도적처럼 안 살겠다는 네 말 하나만 믿고 네 목숨 거두어 준 거다. 알았냐? 삼별초는 도적단이 아냐. (진청화에게) 이 녀석을 투옥해. 지금 당장!

진청화　네… 알겠습니다. (자혁에게) 너 독방신세 져야 되겠다. 따라와.

자혁, 진청화를 뿌리친다.

진청화 너, 진짜 왜 이러는 거야? 애들도 다 보고 있는데 이래야 돼?

자혁 내가, 내가 할게. (결심한 듯, 김도훈에게 무릎을 꿇으며) 미안하
게 됐소이다. 모두 다 보는 앞에서 내가 체면을 구기게 했
구먼요. 미안하오. 나… 투옥될 테니, 마음이 풀리기 전까
지 꺼내주지 마쇼. 내 나오믄 주의하겠소. (진청화에게) 자,
날 데리고 가.

진청화, 자혁을 데리고 가는 찰나.

김도훈 멈춰. (사이) 너한테는 투옥시킬 공간도 아까우니까 일이
나 해. (유송에게) 영감. 영감은 여월양에게 숙소 좀 마련
해주쇼.

김도훈 퇴장.

유송 자, 자. 다들 기분 상해하지 말게나. 상황이 상황인 만큼
서로 오해도 할 수도 있고 그런 거니 서로 조금씩만 이해
하자고. (여월에게) 가시죠.

여월 네.

여월과 유송 퇴장.

강평도   (자혁에게) 저… 죄송합니다. 미리 말씀드리지 못해서.

자혁   쓰벌. 일 봐, 이 새꺄.

강평도   죄, 죄송합니다.

강평도 퇴장. 방호는 어쩔 줄을 몰라 주변을 두리번거리다가 자혁을 동정하듯 바라보고는 이내 퇴장.

진청화   (자혁을 부축하며) 괜찮아?

자혁   쓰벌… 독방신세 질 뻔했네.

진청화   그러니까 뭘 그렇게 버럭버럭 대들어?

자혁   인정이 안 됐거든. 넌 안 분했냐? 저 꼴찌 부관의 말을 들어야 하는 게.

진청화   대, 대장의 명령이잖아.

자혁   그놈의 대장, 대장. 그럴 거면 네가 대장의 여자가 되었어야지. 왜 다른 년한테 뺏기고 그래?

진청화   … 그것도 대장의 판단이었는데 뭘.

자혁   진짜 대단하다. 여긴 무슨 광신도들 같아.

진청화   그… 그거야, 진짜 대장이니까. 내 인생의 대장. 그러는 너도, 대장의 명령이면 싫은 척 해도 다 따랐잖아.

자혁   그, 그랬지…

진청화   기분은 괜찮아?

자혁   나 때문에 분위기 거지같이 만들 순 없잖아. 오히려 상쾌하니까 걱정 마. 정 걱정되면 내 일이나 대신 좀 해주든가.

자혁 퇴장.

진청화, 자혁의 축 처진 뒷모습을 안타까이 바라본다.

제4장

이틀 후. 함선 내 유송의 숙소.

유송, 책에다 무언가를 쓰고 있다. 이때, 들어오는 강평도.

강평도 어르신. 부르셨습니까?

유송 어, 그래. 그래. 불렀지. 잠깐만 기다려봐. 줄 게 있어.

유송, 방 안에서 담요 등 이불거리를 챙긴다.

강평도, 기다리는 찰나, 유송의 방을 들여다보며,

강평도 근데, 어르신께서는 이 책들을 다 읽으시나요?

유송 읽는 게 아니라 쓴 거네.

강평도 네? 직접요?

유송 그냥 노인네의 취미거리뿐이니까 너무 의미를 두지 말게 나. (사이) 자, 받게

유송, 담요를 강평도에게 건네준다.

강평도 웬 담요죠?

유송 여월아씨에게 갖다 주게나. 귀하게 자란 터라 아마 편하

지는 않겠지만, 그래도 없는 것보다는 낫겠지.

강평도 역시 어르신은 아씨를 신경 쓰고 계셨군요…

유송 많이 힘들 거야. 그러니 자네가 힘 좀 되어주라고.

강평도 네. 감사합니다. 정말 감사합니다. 그럼 어르신도 잘 주무십쇼. 다시 한 번 감사합니다!

강평도 퇴장.

유송 원, 녀석.

유송, 다시 글을 쓴다.
이때, 자혁 술병을 들고 등장.

자혁 영감.

유송 (놀라며) 깜짝이야. 아니 자넨 또 왜 왔어?

자혁 간만에 영감님과 술 한 잔 하고 싶어서 왔소. 왜, 대장 있을 때 셋이서 자주 마셨지 않습니까?

유송 마셨지. 지독하게.

자혁 그러니 신세 좀 지겠소.

유송 다 늙은 사람 밤잠을 뺏어가면 마음이 편하냐?

자혁 뭐 얼마나 더 오래 살려고 그러시우? 그냥 이럴 땐 아무 말 없이 마셔주면 좋지 않소?

유송 그래, 그래. 앉게.

마시는 사이.

유송   왜? 기분이 가시지 않아?

자혁   실은 나 자신한테 화가 난 게 더 커요.

유송   화 날 게 뭐가 있어?

자혁   그 탐라 전쟁 때, 솔직히 몸이 움직여지지가 않았어요. 거대한 바위덩어리가 막 하늘로 날아다니고 불이 나고 비명 소리가 나고, 뭔가 거대한 괴물이 있는 것 같았어요. 그걸 본 순간, 복수고 뭐고, 아무것도 생각이 안 납니다. 그래서 그게 너무나도 분해서 어떻게든 더 복수를 하고 싶어졌어요. 근데 힘없는 계집한테나 풀 생각을 하니, 한심해서. 하… 영감님. 진짜 우리가 혁명을 이루면 내가 이런 말 했다는 건 빼고 기록해주쇼. 쪽팔리니까.

유송   예끼, 이 녀석아. 진실을 진실대로 써야지. 그걸 포장하면 되냐?

자혁   하여간 고집하고는.

유송   혁아…

자혁   왜요?

유송   있잖아.

자혁   아, 빨리 말하쇼.

유송   네 이름 정도는 단순히 이름만이 아니라 내 책에 한 줄 정도는 넣어줄라고 하는데 도적출신이 아니라 의적출신이라고 넣어줄까?

자혁 진실은 포장하면 안 된다면서요?

유송 아니, 생각해보니까 네가 여기 처음 왔을 때 김통정 대장이 고관들 사저에 침입한 이유가 뭐야, 그러니까 넌 복수라고 했는데, 그들은 다 실제로 문제가 많은 탐관오리들이었어. 결론적으로 네가 죽인 탐관오리들 때문에 그 지역 서민들은 생활이 풀렸다고. 뭐, 다 우연이었다 치더라도 역사는 결과 중심의 기록이니, 뭐가 옳은지 모르겠단 말이야.

자혁 그런 거 생각할 시간에 검술연마나 좀 하쇼. 그 몸 갖고 전장 나갔다가는 눈 깜짝할 사이에 뒈지겠소.

유송 거봐. 지금도 남 생각을 하니, 앞으로 변할 수도 있을 것 같단 말이지.

자혁 아, 내가 언제 남 생각을 한다고 그러쇼? 진짜, 술맛 떨어지게… 가보겠소. 아, 그리고 영감님은 진짜 여기 왜 계시우? 다 늙어가지고. 괜히 마음만 무겁게.

유송 자네가 왜 무거워하냐? 아직 펄펄한데.

무대 전환되면, 함선 내 여월의 숙소
강평도, 식사를 갖고 들어온다.

강평도 미안해요. 많이 늦었죠?

여월 아니에요.

강평도 그럼 어서 드세요. 그리고 여기 유송어르신께서 덮을 거

리를 준비해주셨어요. 혹시 추우시면 이거로라도 잠시 버
텨주세요.

여월 유송어르신이요? 아… 그 할아버지요.

강평도 네. 맞습니다.

여월 그 분을 보면 마치 어렸을 적에 본 듯한 느낌이 들어요.

강평도 여기 있는 사람들 다 그렇게 말하거든요. 유송어르신을
보면, 마치 내 기억 속의 할아버지를 보는 것 같다. 그런
말을요. 아, 얘기가 길었네요. 그럼 가볼게요.

강평도 나가려고 하는 찰나.

여월 평도씨.

강평도 네?

여월 왜 당신은 왕실사람을 싫어하지 않죠?

강평도 무슨 질문이 그래요?

여월 그, 그야… 다들 왕실 사람들을 싫어하잖아요.

강평도 저도 그들처럼 살았다면, 그랬겠죠. 하지만 제 주인은 그
렇지 않았거든요.

여월 어땠는데요?

강평도 제가 노예로 있으면서도 전혀 노예처럼 대하지 않으셨어
요. 때론 저의 어머니가 되어주고, 친구가 되어주고 그러
셨어요.

여월 근데, 왜 삼별초가 되셨어요?

강평도 그… 그건… 그냥 돈이 필요했어요.

여월 돈이라뇨?

강평도 주인댁도 힘들어졌고, 저 하나 뒷바라지 해주시는데도 언젠가부터 힘들어 보이는데 절 다른 곳에 팔지도 않으셨어요. 근데 그때 문득 제가 짐만 되는 건 아닐까 하는 생각이 들었어요. 그래서 조금이라도 도움을 드리고자 일을 해서 돈이라도 보태주고 싶었어요.

여월 그래도 다행이네요… 평도씨는 다시 돌아갈 곳이 있잖아요.

강평도 아뇨… 없어요.

여월 왜죠?

강평도 삼별초를 숨겨줬다는 이유만으로 제 주인은 처형당했거든요.

여월 그럴 리가… 설마 그것도 우리 아버지가 명하신 거였나요?

강평도 … 네.

여월 정말, 저 때문이군요. 제 이기심 때문에 모두를 불행하게 만든 것만 같아요. 미안해요…

강평도 아니에요. 그런 생각하지 마세요. 대장이 그랬는데 그런 생각들이 자신을 그렇게 만드는 거래요. 그러니까 앞으로 좋게 풀릴 앞날만 생각해요. (사이) 음… 위로가 될지 모르겠지만 아씨같이 좋은 기운을 주는 사람이 함께한다면 여기 뱃사람들도 변할 거라고 생각해요. 곧 아씨를 식구로 받아들일 거고요. 아, 말이 길어졌네요. 그럼 진짜 가볼게요.

강평도 퇴장.

강평도의 나가는 뒷모습을 보며 여러 생각이 빗발치는 여월.

제5장

일주일 후 아침. 일본.

방호　일, 일, 일본이 보입니다!

무대 밝아지면, 사람들 준비하며 갑판 위로 올라온다.
이때, 강평도 조심스레 유송에게 다가간다.

강평도　저… 어르신. 괜찮을까요?

유송　음… 우리가 일본의 해협에 들어왔을 때부터 보고를 받았을 텐데 여기 올 때까지 아무런 제재가 없었으니 조금은 희망을 가져도 되지 않겠나?

진청화　우리가 온다는 걸 알고 있다면 그들도 답변쯤은 마련해두었겠네요.

유송　그게 좋은 방향이었으면 좋겠네만.

이때 여월 등장.

강평도　(여월에게) 아니, 여기엔 왜 나오셨습니까?

여월　저도 뭐… 도울 일이 없나 해서요.

진청화	그렇게 돕고 싶으면 주방 일이라도 돕던지요. 귀하게 자라서 입맛은 높을 거 아닙니까?
강평도	여월아씨는, 우리 대장의 손님이지 않습니까? 꼭 그렇게 해야 됩니까?
진청화	언제부터 이 여자를 알았다고 그렇게 감싸고돌아?
유송	그렇다고 너무 뭐라고 하진 말게나. 여월아씨와 여기 있는 민간인들의 항해는 오늘 종결이 되도록 할 거니까.
진청화	뭐라고요?

김도훈 등장. 이들의 얘기를 듣자.

김도훈	이미 결정된 사항이니 따르도록 해. 그리고 삼별초를 믿고 따라온 사람들은 우리 식구로 받아들여 지키는 것이 김통정대장의 법도이자, 우리의 법도다.
진청화	그래도 부관님. 이런 건 결정하시기 전에 저희랑도 의논해봐야 하는 거 아닌가요?
김도훈	어느 한 가지 국면에만 정신이 팔린 사람과 무슨 얘기를 해?
진청화	(불쾌한 듯) 부관님… 제 말은---
방호	부관님! 선착장에 뭔가 보입니다!
김도훈	뭐가 보이는데?
방호	사람들이 굉장히 많아요.
김도훈	어떤 분위기야?
방호	그것까지는 잘 모르겠어요.

김도훈   올라갈게. 기다려.

    김도훈, 방호가 있는 파수대로 올라가서 관찰한다.

자혁   저건 김통정대장보다 더하구먼. 꽉 막혀있어서 숨 쉴 틈
    이 없네.

유송   그래도 이해 좀 하게. 다 과정이야. 이럴 때일수록 서로 도
    와야지.

자혁   알아요. 알아. 항상 우린 남 좋은 데 힘만 쓰잖아요. 근데
    이렇게 남 좋은 일만 하는 삼별초가 왜 반란군인지, 영감
    님. 그 많던 제자들 데리고 이런 수업은 해보신 적 있수?

유송   해봤지. 수도 없이 해봤지. 하지만 이제야 제대로 된 수업
    을 할 수 있을 텐데, 그걸 못하니 아쉽단 말이지.

자혁   영감님도 그럼 오늘 민간인들과 같이 내리쇼. 이들 300여
    명의 민간인들한테 제대로 된 역사나 알려주쇼. 진짜 역
    사를 알아야 우리가 반란군이 아니었다는 게 드러나지 않
    겠소?

유송   그… 그, 그래도… 여기에 내가 있어야 하지 않겠나?

    사이.

김도훈   주목! 선착장에 약 천여 명 정도의 군졸들이 모여 있다. 하
    지만 어떠한 상태인지는 짐작할 수 없으며 우리를 이 해협

에 들어오기까지 막지 않은 점으로 보아 얘기할 소지는 충분히 있다고 생각한다. 그래서 유송어르신과 나는 일본군 대장과 직접 얘기하고 오겠다. 각 분대장인 진청화와 자혁은 전 함대를 반무장 상태로 대기시키고 있도록.

강평도·방호 네!

김도훈의 명령에 못 마땅해하는 진청화의 표정. 그러나 자혁이 표정 피라는 듯 어깨를 툭툭 친다.
유송은 걱정이 되는 듯 온 몸을 파르르 떨고 있다.

자혁 (유송에게) 영감은 너무 쫄지 마쇼. 정 안 되면, 나도 여기서 최후의 발악만큼은 해줄 테니까요.

유송 좋은 일만 생각하게나.

자혁 그럽시다. 근데 이게 진짜 좋은 일 맞죠? 우리가 혁명을 위해 일본놈들을 꾀어내려고 하는 짓이 왕실놈들이 자기들을 지키려고 몽고놈들을 끌어들인 것과 비슷해 보인단 말이지. 뭐, 애당초 난 대의명분은 모르겠고 그저 복수를 하고 싶은 거니 그러려니 하고 있지만, 이거 아무리 봐도 뭔가 찝찝하단 말이지. (진청화에게) 안 그래?

진청화 반란군으로 몰아세웠으니, 이길 수 있다면, 차라리 반란군이라도 되자고. 이제야 대장의 원수를 갚을 기회인데.

자혁 그래, 갚자. 갚아. 대의명분이니 뭐니, 나도 모르겠다. 준비합시다들! 아, 그리고 영감. 무운을 빕니다.

유송　예끼, 이 녀석아. 내가 왜 죽나? 좋은 결과 갖고 돌아올 테니, 기대나 하라고.

김도훈, 유송, 자혁, 진청화 퇴장.
이들이 퇴장하자, 여월 불안해한다.

강평도　아씨는 들어가 계세요. 다 괜찮아질 겁니다.

여월　저도 뭔가 돕고 싶어요. 탐라의 많은 사람들도 제가 삼별초로 넘어왔다는 것 때문에 탐라로 이주했다면서요? 그럼 제 책임도 있는 거잖아요.

방호　뭐, 그… 그렇죠. 근데 아씨는 도울 거리가 없어요.

강평도　(주의를 주듯) 야. 방호.

방호　맞, 맞잖아. 아씨께서 노를 저을 수 있는 것도 조타실을 맡을 수 있는 것도 아니잖아.

강평도　말이 심하잖아. 아씨는 대장이 부탁한 손님이라고.

방호　아니, 내 생각이 아니라 들은 대로만 말하는 것뿐이야.

강평도　뭐? 누가 그런 말을 하는데?

방호　아이, 몰라. 그냥 들었어.

강평도　그러니까 누구한테.

방호　왜 나만 갖고 그래? 죄다 그렇게 얘기하는데 뭘.

여월　… 미안해요.

강평도　아니에요. 아씨. 일단, 들어가 계세요.

여월　그래도--

강평도　괜찮아요.

여월 어쩔 수 없이 퇴장.

강평도　너, 여월아씨가 불편해하는 거 몰라? 이거 끝날 때까지만 눈치 좀 가지면 안 되겠냐?

방호　눈치는 개뿔. 내가 네 눈치랑 저 아가씨 눈치까지 봐야겠냐?

강평도　그런 말이 아니잖아.

방호　나도 힘들어. 난 네들처럼 뭐, 대의명분 그런 것 때문에 온 거 아니야. 그냥, 어부 아들이고, 배 좀 탄다 해서 고용된 거라고. 그때는 뭐 삼별초가 멋있어 보여서 같이 있던 것 뿐이야. 새 시대가 열린다며? 신분, 계층 없는 시대를 만들겠다며. 그거에 그냥 혹했던 거야. 근데 지금은 이게 뭐야. 애써 좋은 일 했는데, 내 고향 땅도 못 밟고, 굶어 뒈질 판이고, 반란군에 내 이름까지 올라오고, 이렇게 도망까지 쳐오고.

강평도　도망이 아니잖아. 우린 혁명을 위해,

방호　내가 보기엔 그냥 도망이라고!

강평도 말을 잇지 못한다. 방호, 말해놓고 실수한 듯, 주저주저하다가 도망치듯 퇴장.
방호가 나간 자리를 씁쓸하게 바라보는 강평도.

제6장

일본군 병영.
유송은 김도훈을 보좌하며 일본군 대장의 대답만을 기다리고 있다.

일본군 (일본말) 처음 듣는 얘기다.

김도훈 뭐라고 합니까?

유송 처음 듣는 얘기라고 합니다.

김도훈 아니, 지금껏 탐라에서 원조 요청을 수차례 보내지 않았습니까? 그걸 하나도 기억 못하냐고 물어봐주십쇼.

유송 (일본말) 지금까지 저희 삼별초는 탐라에서 원조요청을 수차례 보냈습니다. 그걸 기억 못하시는지요?

일본군 (일본말) 처음 들어보는 얘기다.

유송 처… 처음 들어보는 얘기라고 하십니다…

김도훈 제길… 그럼, 주민들이라도… 부탁해보십시오.

유송 (일본말) 저희는 지금 패주하여 배 안에 탐라의 백성들까지 도맡고 있습니다. 그럼 저희는 물러날 테니 이들이라도 받아주실 수 있겠습니까?

일본군 (일본말) 반란군의 사람들을 들여보낼 용의는 없다.

유송 반란군의 사람들은 들여보낼 수 없다고 하십니다.

김도훈 그럼… 우리에게 하물며 조금이라도 버틸 식량이라도…

유송	(일본말) 우린 지금 다 죽어가고 있습니다. 조금이라도 선처를 해줄 수 있는 건 없습니까? 하물며 식량이라도 말입니다.
일본군	(일본말) 삼별초는 반란군. 반란군은 도울 의의도 없으며, 이대로 살려 보낼 의의 또한 없다. 너희들의 시체를 고려로 다시 환송하겠다.

정적.

김도훈	뭐야? 말 좀 해보시오.
유송	반… 란군은… 살려 보낼 용의 또한 없다고 하십니다.
김도훈	제길, 이미 왕실측에서 여기까지 손을 댄 모양이네요. 영감. 거래할 수 있는 건 더 이상 아무것도 없는 거요?
유송	그… 그게… 하…

잠깐의 정적.

김도훈	(무언가 생각난 듯) 영감! 지금부터 내가 하는 말, 그대로 말하시오. 절대 겁먹지 마시고. 알았소?
유송	알… 알겠소. 말하시오.
김도훈	우리에게는 고려정부의 수장 김방경의 딸이 포로로 있다.
유송	(일본말) 우… 우리에겐… 고려정부의 수장 김방경의 딸이 포로로 있다.
김도훈	난, 미리 선포하고 왔다. 만약, 지금 여기서 우리를 건들게

될 시 그 딸을 죽이고 일본놈들의 손에 죽었다고 고려에 전령을 보내기로.

유송 (일본말) 난, 미리 선포하고 왔다. 만약, 지금 여기서 우리를 건들게 될 시 그 딸을 죽이고 일본놈들의 손에 죽었다고 고려에 전령을 보내기로.

김도훈 삼별초 항전은 김방경이 자신의 딸이 삼별초들에게 납치되어 딸을 찾고자 벌인 전쟁. 그 딸이 죽는다면,

유송 (일본말) 삼별초 항전은 김방경이 자신의 딸이 삼별초들에게 납치되어 딸을 찾고자 벌인 전쟁. 그 딸이 죽는다면,

김도훈 여몽연합군은 최소 30만의 군세와 900여척의 함선으로 여기를 몰아칠 것이고 너희의 역사는 사라질 것이다.

유송 (일본말) 여몽연합군은 최소 30만의 군세와 900여척의 함선으로 여기를 몰아칠 것이고 너희의 역사는 사라질 것이다.

김도훈 하지만, 우리에게 식량을 원조해주고 우리 배에 있는 민간인들만 받아준다면, 그리고 우리가 이곳에 온 사실을 묵인해준다면 차후 고려군이 너희를 침략할 때를 대비한 최고의 인질인 김방경의 딸을 주겠다.

유송 아니, 부관. 이건 아닐세. 이러면 안 되는 거요. 대장의 마음을 이대로 저버릴 겁니까?

김도훈 대장의 마음은, 가장 존귀한 것만 지키면 됩니다. 그건 여자가 아닙니다. 오직 대의명분, 오직 혁명입니다. (사이) 영감. 이건 죄짓는 게 아니에요. 둘 중 하나밖에 선택하지 못하는 상황입니다. 여기서 죽느냐? 아니면 살아서 혁명의

시도를 하느냐입니다. 그럼 우리에게 선택지는 혁명밖에 없지 않습니까. 영감. 부탁하오. 제발.

유송   (일본말로) 우… 우리에게 식량을 원조해주고 여기에 우리 배에 있는 민간인들만 받아 준다면, 그리고 우리가 이곳에 온 사실을 묵인해준다면 차후 고려군이 너희를 침략할 때를 대비한 최고의 인질인 김방경의… 딸을 주겠다.

일본군   (일본말로) 어디서 협박질이냐? 다 죽고 싶냐?

옆에 있던 일본군 부하, 칼을 빼 김도훈에게 다가오는 순간, 김도훈은 단칼에 일본군을 제압한다.

김도훈   어차피 앞으로 가나 뒤로 가나 우리에게 남은 건 없다! 우리의 요구를 들어줄 수 없다면 모두 다 죽는 것뿐 그 외엔 아무것도 없다! 선택해라. 어서!

일본군, 김도훈의 살의를 보며 마음이 흔들린다.

일본군   (일본말로) 그… 그렇다면, 우리도 제안을 하나 하겠다. 첫째, 민간인들은 여자만 들여보낼 것. 둘 째, 민간인들은 여기서 노예로 살아갈 테니 그것에 동의할 것.

김도훈   (유송에게) 뭐라고 합니까?

유송   그… 그게, 민간인들은 여자만 들일 것이고, 일본에서 노예로 살아가게 될 거랍니다.

김도훈, 몸을 파르르 떨며 고민하는 사이.

김도훈　… 그렇게 하라고 하시오. 단 하루만 시간을 달라 하시오.

유송　부관!

김도훈　제발… 부탁하오. 다 대의명분을 위해서요!

유송　(일본말로) 요구를… 받아들이겠다. 단 하루만 시간을 달라.

일본군　(일본말로) 내일 아침까지 다 내려 보내도록. 그리고 다신 이 땅에 오지 말거라. 패잔병들이여.

제7장

함선, 갑판. 모두 초긴장상태로 김도훈과 유송을 기다리고 있다.

밖을 관찰하며 부들부들 떨고 있는 방호, 앉은 채 매섭게 도끼의 날을 손으로 꽉 잡고 있는 자혁.

그리고 싸울 결의를 다진 듯, 소식통이 오기만을 묵묵히 기다리고 있는 진청화.

이때, 강평도와 여월 들어오며.

강평도   (여월에게) 부관님께서 돌아오시기 전까진 밑에 계셔도 된다니까요. 갑판 위는 위험해요.

여월   (강평도에게) 다들 그렇게 위험에 빠져 있는데 어떻게 저 혼자만 밑에서 쉬고 있을 수 있겠어요. 저를 위한다면, 그건 배려가 아니라는 걸 말하고 싶네요.

진청화   마치 삼별초가 된 듯 말하네요. 아무것도 감당 못할 주제에.

강평도   누님.

이때, 방호, 김도훈과 유송이 들어오는 것을 발견한다.

방호   부관님과 유송어르신이 오고 있습니다.

무대 외곽에서 김도훈과 유송 등장.

진청화   어떻게 되었나요?

자혁   잘 된 거요? 표정을 보아하니, 그리 좋은 느낌은 아닌 것
 같은데.

김도훈   결론부터 말하자면 일본군의 군사협조는 불가능하게 됐다.

자혁   내 그럴 줄 알았소.

김도훈   하지만 다행으로 여길 소식도 가져왔다.

진청화   뭡니까?

김도훈   우리 부대 전원이 한 달 동안 버틸 식량을 원조 받기로
 했다.

자혁   거 듣던 중 반가운 소리네. 야. 방호. 이번엔 작작 좀 처먹
 어라. 각자 1인분씩만 먹자고.

김도훈   그리고 또 하나, 민간인들을 받아주기로 했다.

자혁   이거 또 남 좋은 일만 하는구면. 완전 의적이네. 의적.

강평도   (기뻐하며) 정, 정말입니까? (여월에게) 그럼 이번에 아씨도 여
 기서 내리는 거죠?

김도훈   그렇다. 내일 해가 뜨면 민간인들과 여월아씨는 모두 내
 리도록 한다.

강평도   다행이에요. 아씨.

김도훈   단, 너희들이 해줘야 될 게 있다.

자혁   드디어 임무요? 뭐요? 누구부터 치면 됩니까?

김도훈   우린 김통정 대장으로부터 제2의 혁명을 일구라는 명을

받았다. 하지만, 일본군의 군사 협조를 얻지 못한 이상, 우리 군대라고는 고작 해봐야 300명. 이걸로는 턱없이 부족하다. 그래서 난 보다 더 완전한 혁명을 이루고자 결심한 게 있다. 민간인들 중, 남자는 여기에 남아 우리 군졸로 합류시키는 것이다. 할 수 있겠나?

유송   자⋯ 잠깐만. 이보게. 부관. 지금 무슨 소리를 하는 거요? 이들은 칼 한 번 만져보지 못 한 사람들이지 않소?

김도훈   그렇기 때문에 부탁드리는 거 아닙니까?

진청화   그래도 부관님. 우리가 백성을 강제로 징집하는 것은 우리 같은 천민들이 왕실로부터 화살받이용으로 징집되었던 것과 무엇이 다릅니까?

김도훈   다르다. 이건 혁명을 위해 반드시 필요한 거니까.

진청화   하지만, 그렇다면 그들에게도 선택권을 줘야 하지 않겠습니까?

김도훈   선택권이 이것밖에 없게 만들어야지. 그걸 자네들에게 부탁하고 싶다. 해줄 수 있겠나?

자혁   근데 그 전에 묻고 싶은 게 있는데요. 지금 제안하는 겁니까? 명령하는 겁니까?

김도훈   명령이다. 혁명을 이루기 위한, 그리고 너희들의 복수를 이루기 위한.

다들 고민하는 사이.

자혁 그래요? 그럼 뭐라고 할까요? 우리가 칼을 들지 않으면, 네 여자들이 죽는다, 새 시대를 열지 않으면, 네 가족들은 어디에 있건 안전하지 않다, 이렇게 말하길 원하는 거요?

김도훈 그렇다.

자혁 알겠소이다. 그럼 그 다음은 어떻게 할 거요?

김도훈 … 무슨 소리야?

자혁 아니, 애들 세뇌시키는 것도 부관님 말에 따른다 이거 아닙니까? 그래요, 다 따르겠습니다. 근데 따르기 위해서는 뭔가 중요한 목표가 있어야 될 거 아닙니까? 그래서 이다음에는 어떻게 할 겁니까? 그래봤자 고작 500명 정도인데, 바로 탐라로 갈 겁니까?

김도훈, 순간 할 말을 잃는다.

자혁 이거 대답하셔야 합니다. 우린 뒈지더라도 탐라로 가겠다는 사람들 아닙니까? 근데 여기 민간인들은 우리 같지 않습니다. 죽는 게 두려워서 배에 탄 사람들이거든요. 그런 이들을 세뇌시키려면, 폭력이 들어갈 수밖에 없습니다. 그러니까, 정확히 말해주십시오. 그래야 제대로 세뇌시켜서 화살받이로도 쓸 수 있는 거 아닙니까?

진청화 너 무슨 소리야!

자혁 내가 뭐 틀린 말 했어? 칼 몇 번 잡는다고 그게 뭐, 정식 군인들과 맞서 싸울 수 있나? 내 말이 틀렸다고 생각하는 사람 있으면 지금 대답해보쇼.

모두, 아무 말도 못하고 있는 사이.

자혁 (김도훈에게) 보셨죠? 그러니… 확실히 말해달라 이겁니다. 앞으로. 우린. 어떻게. 할 것인지! 그래야 나도 각오하고 말할 테니까. 어떻게 할 겁니까. 바로 탐라로 갈 겁니까?

김도훈 그건, 오늘 밤에 공표하도록 하겠다. 그러니, 그 전까지 기다려줄 것을 부탁하네.

김도훈 퇴장한다.

진청화 너무 몰아붙인 거 아냐?

자혁 몰아붙이긴. 우리 목숨을 담보로 대장질을 하고 있는데, 이 정도는 감수해야지. 그나저나 영감님은 왜 이렇게 말이 없소? 영감님도 여기 있는 사람들처럼 겁에 질린 거요?

유송 아, 아니야.

자혁 아니긴 뭐가 아니우? 됐고, 영감님도 내일 아침에 민간인들과 섞여서 내려가죠. 뭐, 영감님 한 명쯤은 제가 부관님께 전력에 도움이 안 되니 내리게 해달라고 잘 말해보겠소.

유송 신… 신경 끄게. 난… 괜찮으니… 피곤해서 먼저 들어가 보지.

유송 퇴장.

방호   영감님도 많이 두려우신가 봐요.

진청화 저런 분이 아니신데, 그러네.

자혁   그러게, 한 때는 단신으로 왕실 전체를 뒤집어엎으신 분
           인데,

방호   왕실 전체를 뒤엎다뇨? 영감님도 전사셨나요?

자혁   넌 저 늙은이가 전사로 보이냐?

방호   그럼 어떻게…

진청화 보면 짐작은 하겠지만 영감님은 원래 삼별초가 아니었어.
           아주 충직한 왕실측 문관이었지. 역사를 기록하는 사관이
           었고. 문관들에게는 존경받는 스승이었고.

여월   어쩐지, 어디선가 뵌 듯한 느낌이 들었어요,

강평도 그래서 아씨께서 예전에 구면 아니냐고 물어보셨군요.

여월   네.

진청화 잘 아네. 그럼 영감님이 왜 삼별초가 되는지는 아시나요? 우
           리 귀한 집 아가씨.

여월   아… 아뇨.

진청화 바로 당신네들한테 질려서야. 15년 전쯤에 무신정권이 만
           든 과도한 세금 때문에 세금을 못 내면 평민이더라도 노
           예가 되는 삶을 살아야 했어. 그래서 백성들이 대대적으
           로 강화에서 무단이주를 했는데, 무신들에게 걸린 거야.
           아이, 여자 할 것 없이 다 학살당했지.

여월　맙소사…

진청화　아직 그런 표정 짓지 마요. 지금부터가 진짜니까. 저 영
감님이 당시 강화이주사건을 조사하던 중에 뜻밖의 사실
을 알게 되었는데, 무신정권측에 백성들이 이주한다고 고
발한 녀석이 무신이 아니라, 무신으로 변장한 왕실 사람
이었다는 거야. 이게 혁명의 계기가 되었는데, 웃기지? 더
웃긴 건 이걸 계획한 사람의 정체야. 그게 누군지 알아요?
아가씨.

여월　누… 누군데요?

진청화　바로 네 아버지야.

여월　(절망하며) 하, 하하… 그럴 리가… 말도 안 돼.

강평도　누님. 그만해요. 아씨가 괴로워하잖아요.

진청화　이런 걸 괴로워하면서 어떻게 우리 동료가 돼? 모두가 짊
어지고 있는 짐을 이렇게 피하고만 있는데! 왜? 아가씨.
이 이상은 못 듣겠어요?

여월　… 아뇨, 듣겠어요.

진청화　결국 영감님은 진실을 기록했고, 그 대가로 밑으로 3대가 죽
었어. 그리고 영감님한테 배운 제자들도 모조리 처형당했지.
그걸 지시한 것도 바로, 네 아버지였어, 네 아버지라고!

여월의 절규.

이때 무대 반대편 밝아지면 유송, 자신의 방에서 책을 펴놓고 술
을 들이키고 있다.

유송	그때도 그랬는데… 내가 화난 것은 속이는 거였어. 그들은 민간인들을 모두 다 죽여놓고, 그걸 혁명을 위해 필요하다고 했어. 하지만, 진실은 알려야 하는 거잖아. 그게 역사잖아. 그래서 진짜 역사를 쓰고자 삼별초가 되었는데… 이젠 내가 그러고 있어… 난 더 이상 떠나간 내 가족들과 제자들을 볼 수 없어… 내 속죄는 이것밖에 없어…

유송, 술을 벌컥 들이키며 책에다가 무언가를 적는다.
유송이 있는 공간 암전.

진청화	이게 네가 짊어져야 할 무게야. 그런데도 삼별초가 될 수 있겠어?
여월	(울며) … 죄송합니다. 하지만, 짊어지겠습니다. 모두 다, 짊어지겠습니다…
자혁	그만. 울지 마. 그런 눈물에 정이라도 들면, 욕하기도 힘들어지니까. 아무튼, 영감도 이제는 지친 모양이니까 이번에 내보내자고. 여기 있을 사람이 아니야.
진청화	나도 동의해. 너희들은?
방호	저, 저도요.
강평도	동의합니다.
자혁	그럼 내가 이따 은근슬쩍 말을 꺼내볼 테니, 다들 도와달라고.

제8장

함선, 함장실.

김도훈, 의자에 앉아 온 몸을 파르르 떨고 있다. 그러다가 두 주먹으로 책상을 쾅 하고 내리친다.

김도훈 대장. 어떻게 해야 됩니까? 이제 어떻게 해야 되냔 말입니다! 절 지휘관으로 임명했으면, 저에게 제2의 혁명을 부탁했으면 뭔가 대책이라도 마련해줬어야 되지 않습니까? 제2의 혁명은 대체 뭡니까? 차라리 도망이면 도망가라고 하시지요! 싸워 죽으라면 죽으라고 하시지요! 왜 나한테 이런 시련을 주는 것입니까!

이때 김도훈의 과거 속의 김통정 등장한다.

김통정 약한 소리하고 자빠졌네. 마. 왜? 못 죽이겠어? 이놈 한 명만 뒈지면 네 자유가 열려. 왜? 못하겠어? 용기조차 없는 놈이 뭔 꿈을 꿔? 집어치워. 평생 노예로 살아. 이 새끼야.

김도훈 대, 대장?

김통정 대장? 웃기고 있네. 네가 언제부터 내 부하였냐? 난 아직 널 내 새끼로 받아준 적이 없어. 난, 말뿐이 아니라 행동할

75

수 있는 놈을 원하거든.

김도훈 하, 하… 네?

김통정 이 탐관오리 때문에 네 친구들이 다 뒤졌다며? 그래서 우리보고 심판해달라고 대문짝만하게 전단까지 돌렸잖아. 그러니까, 지금 복수할 기회를 주는 거야.

김도훈 하지만 인질로 제 동료들이 잡혀있지 않습니까?

김통정 무른 소리하고 자빠졌네. 원하는 게 뭐야? 자유야? 아니면, 네 노예 친구들 살리고 네 주인놈이 노예 학대하는 짓거리를 세상만사 퍼트리게 해주는 거야?

김도훈 죽… 죽이면 변하나요?

김통정 그래, 네 주변은 변하지. 하지만 네가 말한 노예들이 자유를 만끽할 수 있는 시대가 오려면 그 위에 있는 것들을 더 많이 죽여야겠지.

김도훈 못… 못하겠어요.

김통정 그러면, 난 다시 이놈을 풀어줄 거야. 그리고 널 다시 이놈의 노예로 살게 할 거고.

김도훈 하… 하… 그건 안 돼요. 절대!

김통정 그럼 내가 방법을 알려줄까? 이들을 사람으로 보지 마. 이들은 사람이 아냐. 짐승이야. 아니, 짐승보다도 그냥 식량이라고 생각하자. 우리가 식량을 얻기 위해 사냥을 하잖아. 그 중에 하나인 거야. 죽이면, 우리는 배가 부르게 돼. 안 죽이면 우리는 굶어죽게 돼. 그거야. 그리고 네가 이놈을 죽인다고 해서 죽는 인질인 네 친구들 말이야. 음, 그냥 필요하다, 생각해. 때론 누군가가 죽는 것도 필요한 거야. 네가 말한 노예도 자유롭게 살 수 있는 세상을 만들기 위해서는 네 사람들을 더 적게 죽이고, 네 생각을 억압하는 제도권에 있는 윗대가리들을 더 많이 죽이면 돼. 그럼 역전되는 거야. 아무도 안 죽고 자유를 얻을 순 없어. 어떻게 할래? 할 거야? 말 거야?

김도훈   (칼을 잡고 자기 과거 기억 속의 탐관오리를 찌른다) 으아아아악!

김통정   (시니컬하게 웃는다) 자식. 강단 있네. 만들자. 우리 새끼 더 적게 죽이고, 윗대가리들을 더 많이 죽여서 노예도 자유롭게 살 수 있는 그 세상을. 내일부터 우리 막사로 나와.

김통정, 호탕하게 웃으며 퇴장한다.
다시 무대 전환되면 현재.

김도훈   맞아… 대장은 그랬어. 다들 대장이 인간답다, 생각하지만 그것은 밑의 사람들이 자신의 악행을 대신해주기 때문에 자신은 그저 미소를 머금을 수가 있었던 거야. 대장이 말하는 혁명은, 내 사람들을 더 적게 죽이고 윗대가리들을 더 많이 죽이는 것. 그거야…

이때, 유송 술에 잔뜩 취한 상태로 들어온다.

유송   부관. 잠깐 얘기할 시간 괜찮겠나?

김도훈	네. 괜찮습니다. 무슨 일이시죠?
유송	음… 다름 아니라, 난 자네의 생각에 동의할 수가 없네. 그렇다고 혁명을 이루자는 걸 방해할 마음도 없다네.
김도훈	영감님. 무슨 소리인지 모르겠습니다.
유송	남자 주민들은 아무리 생각해도 안 돼. 이것은 엄연히 선택할 수 있는 문제 아닌가.
김도훈	그래서 무슨 말을 하고 싶으신 겁니까?
유송	생각해보니 이 근처에 오키나와라고, 아직 문명이 발전되지 않은 소국이 있다네. 예전에 김통정 대장과 다녀와서 잘 알지. 거기는 외지인을 두려워하지만, 자기들에게 위해를 가하지 않는 이상, 해를 끼칠 일이 없으며 그들의 종교의식에 합류하면 자기들의 식구로 받아들여주는 풍습이 있네. 아직까지는 족장 단위로 움직이는 소국이라, 신앙이 투철해서 종교의식만으로도 그들은 가족처럼 맞아주지. 그래서 난 남자주민들을 데리고 오키나와로 가겠네. 거기서 살아야겠네.
김도훈	… 거절하겠습니다.
유송	이봐. 김도훈! 정신 차리게! 우리가 혁명을 이루기 위해 어찌 왕실놈들처럼 되어야 하나!
김도훈	새 시대를 위해서입니다. 대의명분을 위해서입니다. 우리 같은 천민, 노예, 제도로부터 버림받은 사람들이 사람답게 살 수 있는 세상을 만들기 위해서입니다.
유송	그걸 이루라고. 누가 그걸 말리나! 하지만 탐라주민들은

안 돼!

김도훈   영… 영감님. 부탁드립니다. 제발… 영감님이 안 계시면 제가 어떻게 혁명을 이룰 수 있겠습니까? 이 배에 영감님 말고 제 편이 어디 있단 말입니까!

유송   도훈아. 혁명이 뭔가? 사람답게 살 수 있는 세상을 만드는 거라며? 그럼 탐라에 가지 말고, 그렇게 살 수 있는 세상에 가서 사는 건 어떤가? 그게 오키나와네.

김도훈   안 됩니다. 이건 명령입니다.

유송   나도 안 되는 건 안 되네.

김도훈   영감님 입에서 어떻게 혁명을 포기한다는 말이 나옵니까!

유송   다 저마다의 혁명이란 기준이 다른 법이야. 자네가 가는 혁명의 길이 나와는 맞지가 않는 것뿐이라네. 난 이미 정했네.

김도훈   안 됩니다. 절대 안 됩니다. 명령입니다.

유송   만약, 이를 거절할 시에는 지금 당장 올라가서 여월아씨와 여자 주민들이 포로로 팔려간다는 것을 말하겠네.

김도훈   영감님. 저한테 대체 왜 이러십니까?

유송   그러니 이제는 인정하세. 나도 어쩔 수 없네. 오랜 생각 끝에 결정한 거야.

김도훈   제발, 제발… 다시 한 번 생각해주시기를 부탁드립니다. 혁명을 이뤄야지요!

유송   그건 복수야! 도대체 어떤 생각에 사로잡혀있는 건가! 내 그렇게 알고 가겠네. 내일 배 한 척만 내주게. 그 배로 오키나와로 갈 테니.

유송, 뒤돌아 나가려고 한다.
김도훈, 털썩 주저앉아 하염없이 운다.
유송, 김도훈의 우는 모습을 보자, 멈춰 선다. 그리고 김도훈을 안아주는 유송.

유송 미안하네… 하지만 이해해주게. 혁명이라는 것은 새로운 세상을 만드는 것 아닌가. 우리를 따라온 탐라의 주민들에겐, 그리고 나에겐… 이것도 혁명일세.

그러던 이때, 김도훈 결심한 듯 유송의 목을 조른다.

유송 이, 이봐. 김도훈.
김도훈 (목을 조르며) 미안합니다. 하지만 안 되겠소. 대장은 아무도 안 죽고 이루는 혁명은 없다 그랬소. 이건 그냥 희생이오. 내 새끼들을 더 적게 죽일 수 있는 희생이오.
유송 놓, 놓으라고.
김도훈 그러니 왜 잊었소 우리의 존재를. 우리의 목적을. 왜 잊었소!
유송 놔.
김도훈 아뇨. 대장의 의지요. 혁명의 의지요. 대의명분이오. 이건 죄가 아니오.
유송 김… 도…

김도훈   이건 죄가 아니오. 죄가 아니오. 필요한 거요. 혁명을 위해서!

유송 죽는다.

유송이 죽자. 김도훈 허탈하게 주저앉는다.

그리고 겁에 질린 듯한 울음소리와 히스테릭한 울음과 웃음이 섞인 김도훈의 묘한 소리.

제9장

함선. 갑판.

갑판에는 김도훈을 중심으로 자혁, 진청화, 강평도, 방호가 모여 있고, 김도훈의 결정을 기다리고 있다. 김도훈 등장.

자혁   기다리느라 목 빠지는 줄 알았소. 잠깐, 영감은? (방호에게) 영감 못 봤어?

방호   네.

김도훈   영감님께서는 주무시고 계시니 오늘은 우리끼리 얘기하 도록 하지.

자혁   그냥 명령만 내려주십쇼. 우린 어디로 가면 됩니까?

김도훈   우리는… 오키나와로 향한다.

진청화   네? 오키나와로요?

김도훈   그렇다. 제 아무리 전력이 두 배 이상 불었다고 해도 김방 경의 목과 나아가 원종의 목을 칠 가능성은 거의 없다고 보는 것이 맞다. 하지만 사흘 정도면 갈 수 있는 오키나와 는 아직 문명조차 발전하지 않은 소국이라고 들었다. 부 족 단위로 이루어져 있기에 각개격파를 해나갈 수 있고, 우리 같은 무기가 그들에게는 없기 때문에 손쉽게 제압할 수 있다. 그래서 나는 오키나와를 침략하여 약 3개월 동안

82

오키나와의 주민들 약 1만 명을 우리의 군졸로 합류시켜 탐라에 이어 강화로 향할 것을 혁명의 목표로 잡았다.

방호 하지만 아무리 그래도 이 정도만으로 이길 수 있을까요?

김도훈 우린 삼별초다. 숱한 전장에서도 살아남은 삼별초이며 고려 최강의 무신 김통정의 후예다. 문명조차 없는 그들에겐 우리 한 명 한 명이 일당 백의 전사로 보일 것이다. 그러니, 너희들에게 명한다. 제2의 혁명을 위해 남자 주민들을 모두 우리의 군졸로 만들어라.

자혁 단 그러기 위해서라면 저희들도 청이 하나 있습니다. 들어주시겠습니까?

김도훈 말해봐라.

자혁 영감님만큼은 내일 일본에 내려주셨으면 합니다.

김도훈 … 뭐?

진청화 요즘 따라 영감님께서 많이 지쳐 보이십니다. 더 이상 대의명분이라는 이유 하나만으로 전쟁에 참여시킨다는 것이 마음이 무겁습니다.

강평도 저도 동의합니다. 오히려 유송어르신의 지식을 앞으로 일본에서 생활하게 될 우리 탐라의 주민들을 위해 썼으면 합니다.

방호 저, 저도 동의합니다. 이, 이유는… 음, 이유는--

김도훈 알았다.

김도훈의 반응을 보자 다들 놀란다.

자혁　네? 방금 뭐라고 하셨소?

김도훈　너희들 의견에 나도 동의한다고 했다.

자혁　정말요? 이렇게 쉽게요?

김도훈　왜? 이상한가?

자혁　아니, 그… 그게 이렇게 쉽게 동의하실 분이 아닐 거라 생각했는데…

김도훈　지휘관이 부하들의 말에도 귀를 기울여야지. 또 나도 이 이상은, 영감님이 전장에 있는 모습을 보기 힘들구나. 그럼 너희들의 제안도 들었으니 이제는 내 말대로 따라주거나.

모두　(충직하게) 명 받들겠습니다.

김도훈　그럼 지금부터 시행해주게.

김도훈, 나가려는 찰나. 뒤에서 이들의 얘기를 몰래 듣고 있던 여월이 다급히 등장하며 김도훈을 잡는다.

여월　잠시만요. 저도 이 배에 남겠습니다!

김도훈　(당황하며) 네? 무슨 소리입니까? 아씨는 이제 안전하게 살 수 있습니다.

여월　하지만 저 혼자 안전하게 지낼 수 없습니다. 그러니까 이 배에 남아서 뱃사람들을 돕고 싶습니다. 여기서 있는 그대로의 현실을 봤으며, 이제는 저 또한, 왕실의 횡포를 전부 인정하고 있습니다. 제 아버지가 재앙의 씨앗을 뿌렸다면, 이젠 딸인 제가 거두어야지요. 저도, 이제 삼별초입니다. 간청합니다.

강평도 아씨, 무슨 소리예요? 안 됩니다. 부관님. 아씨는 여기서 내리셔야 합니다.

여월 아닙니다. 남겠습니다. 모든 죄를 씻을 기회를 주십시오. 간청합니다.

김도훈 그래도 저희와 함께 하기에는 많은 위험이 뒤따를 테고 이건 대장도 원치 않을 겁니다.

여월 아뇨. 원할 겁니다. 그 이만큼은 제가 더 잘 압니다. 늘, 자신이 바라는 길로 가라고 했습니다. 그이를 따라왔던 것도 제 선택이며 지금의 선택으로 그 이의 의지를 대신할 삼별초가 되는 것도 오직 제 의지입니다. 받아주십시오.

자혁 작작하쇼. 여기 있어봤자 도움도 안 됩니다. 짐짝이라고요. 짐짝.

여월 짐짝이 안 되도록 하겠습니다. 가사일을 도울 사람은 늘 필요하지 않습니까? 청소와 빨래, 그리고 식사까지 제가 다 챙기도록 하겠습니다. 화살받이가 되라면 화살받이가 되도록 하겠습니다.

자혁 어쭈, 이거 보기보다 강한데요.

진청화 부관님. 이쯤 되면 그냥 허락하시죠.

방호 아니, 누님은 아씨의 합류를 애초부터 반대하지 않았습니까?

진청화 그건 그때고. 평도야, 네가 아씨 생각하는 마음 알겠는데 이 정도 했으면 인정해줘. 너도 실은 아씨가 여기 남아있는 걸 더 원하잖아.

강평도 제, 제가요? 아, 아닙니다. 무슨 소리입니까?

진청화 사내새끼가 왜 이렇게 숫기가 없냐? (사이) 그럼 부관님. 아씨를 받아들여주실 건가요?

김도훈 아니, 그럴 순 없네.

진청화 이유는 무엇인가요?

김도훈 그건… 여월아씨에게 직접 얘기하고 싶다만.

진청화 알겠습니다.

김도훈 그럼 모두 시행해주게.

진청화, 방호, 자혁 퇴장.
하지만 강평도는 남아있다.

김도훈 왜 안 가나? 못 들었어?

강평도 아뇨. 대장께서 저에게 여월아씨의 보좌를 부탁한 만큼 저는 있어야 될 자리라고 생각합니다.

김도훈 그래? 그래, 그럼 말하지. 여월아씨. 아씨께서는 우리를 돕고 싶다고 했죠?

여월 네. 그렇습니다.

김도훈 그리고 우리 삼별초라고 했죠?

여월 네. 맞습니다.

김도훈 그렇기 때문에 여월아씨가 여기서 반드시 내려주셔야만 하는 이유가 있습니다.

여월 뭐죠?

| 김도훈 | 일본군 지휘관은 삼별초의 배를 탄 탐라의 주민들을 받아 주는 것이 고려왕실을 적으로 만들게 될까봐 걱정했습니다. 하지만 아씨께서 탐라의 주민들과 함께한다면, 이것이 전쟁의 명분이 되지 않게 아버지를 설득할 수 있지 않겠습니까? 그러니 삼별초로서 탐라의 주민들을 지켜주실 수 없겠습니까. 삼별초로서 이들에게 내일이 보장된 자유를 만들어 줄 수 없겠습니까. 이건 저 역시 간청하는 바입니다. 삼별초로서. |

침묵이 이어지는 사이, 그러던 이때, 방호가 뛰어 들어온다.

방호	대장. 큰일났습니다. 배에 탄 탐라주민들이 일본에 안 내리겠다고 소리 내고 있습니다.
김도훈	뭐라고? 그건 안 돼. 앞으로가 전쟁인데, 그들을 희생시킬 수 없네.
강평도	탐라 주민들에겐 일본이 외지인지라 두려운 것 같습니다. 어떡하죠.
여월	제가 하겠습니다.
강평도	아씨!
여월	맡겨주십시오. (도훈에게) 그 명 받들겠습니다. 삼별초로서. 이들을 지키겠습니다.

여월, 결심한 듯 무대 전면으로 나오면, 탐라주민들 앞에 서 있는

것으로 설정된다.

여월 인사드립니다. 왕실의 여월이 아닌, 천민 노예들도 누구라도 내일이 보장된 세계를 열 삼별초로서 인사드립니다. 두려운 거 압니다. 앞으로 어떤 앞날이 펼쳐질지 모르니까요. 하지만, 제가 함께하겠습니다. 고려인으로서, 그리고 삼별초로서. 여러분들의 아픔을 제가 짊어지겠습니다. 우리가 내려야만 삼별초의 내일이 있습니다. 삼별초의 제2의 혁명을 위해, 저와 함께, 가주실 수 있겠습니까. 여러분들을 제가 지켜드리겠습니다. 삼별초로서!

제10장

다음 날 아침, 함선, 갑판 위.

축제를 연상하는 음악이 펼쳐진다. 사람들의 웃음. 그리고 뭉클한 울음. 끝나는 찰나!

자혁   이야, 오랜만에 신나게 놀았네.

진청화   그러게. 이렇게 해가 뜰 아침까지. 오랜만이야. 근데 영감님은 아직 안 나왔나보죠?

김도훈   영감님은 전야제를 치를 때 내려가셨다.

진청화   네?

김도훈   얼굴 보면 눈물이 나올 것 같다면서 나한테 이렇게 대신 뜻을 전해달라고 부탁하셨네.

자혁   이 영감, 진짜 마지막까지 섭섭하게 하시네. 누군, 애써 내려 보내주려고 지랄발광을 했건만, 지 혼자 살았다고 인사도 없이 가버리나.

진청화   이해해야지, 영감님 입장에서는 보내는 사람들 마음도 편하지 않을 거라고 생각했을 테니까. 뭐, 어쨌든 잘 해결되었으니 마음 놓읍시다. (여월에게) 그럼 이제 아가씨 차례네. 그동안 고생했어.

여월   아니에요. 신세만 끼친 것 같아서 제가 더 죄송한걸요.

강평도	아닙니다. 아씨께서는 삼별초로서 막중한 임무를 맡은 거라고요. 저희가 다 감사할 따름입니다.
진청화	그럼 탐라주민들을 잘 부탁해.
여월	네… 언니.
진청화	언니?
여월	왜, 왜요?
진청화	아니, 왕실 사람한테 언니라고 불리니까 뭔가 어색해서,
강평도	대장이 있었다면 (김통정의 말투를 흉내 내며) 누구는 뭘 해서 나쁜 놈이고, 누구는 뭘 해서 착한 놈이고 이런 구분이 가장 무서운 거야. 이제야 사람 됐네."라고 말씀하셨을 걸요.
여월	고마워요. 평도씨.
강평도	아니에요.
여월	잊지 못할 거예요.
강평도	저… 저도요. 안 잊을게요. 아씨.
방호	저, 저… 지난번에 그런 말 해서 죄송했어요. 다음에 만날 땐 주의할게요.
여월	오히려 방호씨가 그런 말 해주셔서 정신을 번쩍 차릴 수 있었습니다. 정말 고마워요.
진청화	(자혁에게) 이봐. 넌 뭐 할 말 없어?
자혁	잘 가쇼. 다음에 볼 때에는 그렇게 우리 같은 옷 좀 입고 다니쇼. 알았소?
여월	네. 알겠어요. 오빠.
자혁	뭐, 오빠?

웃음.

여월 그럼, 진짜 가보겠습니다. 정말 감사했어요.

여월, 퇴장한다.
여월이 퇴장하기까지 모두 여월의 뒷모습에서 시선을 떼지 못한다.
여월이 떠나자, 진청화, 자혁, 강평도, 방호 모두 퇴장.
김도훈, 갑판 위에 혼자 남자. 정적 속에 히스테릭하게 웃는다.
하지만 김도훈의 히스테릭한 웃음소리는 점점 묘한 슬픔이 묻어
난다.

제11장

사흘 후, 오키나와가 눈앞에 보이는 바다.

세찬 빗소리가 무대 전체를 에워싼다.

김도훈 제단 위에 올라서면, 자혁, 진청화, 강평도, 방호 모두 무대 전면으로 나온다.

김도훈 보이나! 우리 눈앞에 있는 것이 보이나! 저기가 바로 혁명의 시발점이 될 오키나와다! 우리 역시 많은 동료들이 죽어나갈 수가 있다. 하지만 그것조차 영광스럽게 여겨라. 우리가 죽음을 불사하는 힘이 오키나와에 이어, 탐라로, 그리고 강화까지 이어질 것이다. 오키나와에서 우리에게 대항하려고 하는 자들은 한 명도 빠짐없이 사살한다. 그들을 사람이라고 생각하지 마라. 그들은 혁명을 이룰 밑거름이다, 우리의 식량이다, 그들을 두려워하지 마라. 그들은 문명조차 발전 안 된 소국의 가축들에 불과하다. 그들에겐 우리가 거인이며, 괴물이다. 우리가 두려움의 대상이다. 모두, 돌격하라!

함성.

자혁, 진청화, 방호, 강평도 각각 다른 공간에 있으며 각자 선봉에서 지휘하며 싸우는 것으로 설정된다.

자혁 적들에게 눈을 돌리지 마라. 마주할 것을 두려워하지 마라. 우리는 사자다! 물어뜯어라! 싸워라! 베어라! 적들에게 화살을 쏘아라!

진청화 후방이 비었다. 뒤로 돌아가서 쳐라! 적들이 들고 있는 무기를 사정없이 박살내라.

강평도 적 대장이 도망간다. 대장만 잡으면 이긴다. 쫓아라!

방호 버티면 이긴다. 먼저 쓰러지지 마라. 적들이 쓰러질 때까지 버텨라!

사람들이 죽어나가는 비명소리가 무대 전체를 맴돈다.

자혁 적 대장을 죽였다!

진청화 우리의 승리다!

강평도 어서 가서 깃발을 꽂아라!

방호 모두 생포하라!

김도훈 우리는 삼별초다! 너희들의 주인 되는 사람이다! 항복한 자들은 아무도 죽이지 않겠다. 모두 우리의 식구로 받아들이겠다. 살고자 하는 자들이여! 모두 검을 버려라!

모두 오키나와를 탈환했다!

모두의 함성과 함께 붉게 물드는 무대.

무대 어두워진다.

제12장

갈매기소리. 육지에 내리는 여월과 여자주민들.

기쁜 마음, 설레는 마음, 긴장되는 표정으로 걷는 여월과 주민들,

그러다가 무엇을 본 듯 멈춘다.

무대 점점 그늘빛 바래지면, 표정이 어두워지는 여월과 여자주민들.

제13장

반년 후. 오키나와

반년이 흐른 후, 제11장과는 사뭇 달라진 분위기. 김도훈은 반년 전과 달리 지휘관다운 면모를 갖추고 있으나, 불안해 보이고 진청화는 잔뜩 불만을 품은 듯 얼굴에 불쾌한 기색이 가득하다. 그리고 강평도 또한 제11장까지는 일개 하급 군졸의 모습이었다면 제12장에서는 제법 분대장급의 지도자 느낌이 나나 기계가 된 마냥, 정적이다. 그리고 자혁은 이전까지 거친 산적 같은 느낌이었다면 제12장부터는 긴장이 풀어진 마냥, 보헤미안과 같은 느낌이 묻어난다. 방호는 완전한 일반 서민 같은 모습으로 변해있다.

무대 밝아지면, 김도훈, 술에 취한 듯 비틀거린다.

김도훈　　대장. 들립니까? 이젠 안 나오시는 겁니까? 그새 반년 동안 많은 것이 바뀌었습니다. 그놈의 대의명분 때문이지요. 오키나와에 와서 얻은 것은 어쩌면 자유입니다. 힘입니다. 권력입니다. 고려땅에서 천민, 노예로서는 평생 누리지 못할 그것을 여기서 얻었지요. 나요, 여기에서는 왕입니다. 고려의 김방경보다도 더 높은 왕입니다. 예전에 영감님께서 내일이 보장된 세계를 오키나와에서 만들라고 했는데, 그럴 의도는 아니었는데, 여기를 제패 하니까, 그것을 만들 수 있는 힘을 갖게 되었습니다. 어쩌면 이게 우리가 원했던 세상일 수도 있을 텐데, 이건 혁명이 아니지요? 그렇죠? 대장. 한 번만 제발, 나타나주세요. 한 번만… 나… 그래도 가야되는 겁니까? 탐라로 가야되는 겁니까?

이때, 무대에서 묘한 바람 소리 울려 퍼진다.
김도훈, 바람 소리가 들리는 곳으로 시선을 돌린다.
김도훈, 자기 때문에 죽은 영혼들을 보며

김도훈 하, 하… 이젠, 너도 죽었냐? 이제 그만 좀 하자. 너들은 내가 죽인 게 아니야. 세상이 죽인 거야. 삼별초의 대의명분이 죽인 거야. 김통정 대장의 의지가 죽인 거라고!

그러던 이때, 여월의 영혼이 뒤에서 등장한다.
김도훈, 여월의 영혼을 보자, 비명을 지른다.

여월의 영혼 혁명… 대의명분… 복수… 혁명… 대의명분… 복수…
김도훈 그래, 맞아. 혁명 때문이야. 빌어먹을 네 남자가 우리한테 건네준 대의명분 때문이야.
여월의 영혼 혁명… 대의명분… 복수… 혁명… 대의명분… 복수…
김도훈 그렇다고! 다 혁명 때문이라고! 너들이 원하는 게 그거잖아! (사이) 누가 안 간대? 누가 나만 편안하게 살고 싶다고 했어?

여월의 영혼 혁명… 대의명분… 복수… 혁명… 대의명분… 복수…

김도훈 제발 그만 좀 하라고! 가면 되잖아! 그러니까 제발 좀 사라져! 내가 네들의 한 풀어주러 가겠다고 하잖아. 가서, 탐라로 가서, 네들의 한 풀어줄게. 그러니까 그만하라고! 네들이 원한 것도 혁명이잖아! 그러니까 제발!

묘한 바람소리 사라지고. 여월의 영혼 퇴장한다.

김도훈 그래… 맞아… 난 자유를 누리면 안 되는 거야… 난 천민 집단 삼별초니까.

결심한 듯 밖으로 나가는 김도훈.

제14장

다음 날, 회의실.

진청화 강평도가 있는 가운데 김도훈이 들어온다.

김도훈	자혁과 방호는?
진청화	아직 안 왔습니다.
김도훈	정신이 빠져가지고. 현재 전력은 어떻게 되나?
강평도	약, 7000명 정도 됩니다.
김도훈	7000명이라…
진청화	아직 이 근방을 다 제패하지 못해서 그렇습니다. 모두 제패한다면 충분히 더 보강할 수 있습니다.
김도훈	민간인들을 강제징집한다면 1만까진 채울 수 있지 않겠나?
진청화	지금 당장 1만까지 채운다고 해도 1만을 이동시킬 수단이 없습니다. 지난 반년 동안 방호가 만든 선박만 해도 아직 3대에 불과합니다.
강평도	전에도 말씀드렸지만 이럴 때 유송어르신이 있었다면 더 좋았을 거라고 생각합니다.
진청화	아니면, 이참에 일본으로 가서 어르신을 모셔오는 것은 어떨까요?
김도훈	내버려둬. 영감은 혁명에서 빠지기로 했으니까.

진청화   배를 만드는 것뿐인데요. 이 상태로는 무리해서 많이 태워봤자 천오백명 정도입니다.

김도훈   천오백 명이라… 정예병들로만 엄선해줘. 탐라를 장악하고 모든 전력을 이주시키자고. 탐라를 장악하기만 하면 거기에 있는 모든 함선은 우리 것이니까. 보름 후에 출항한다.

정적.

강평도   보름… 후에 말입니까?

김도훈   그래. (사이) 왜들 표정이 그래?

진청화   무모합니다. 오키나와까지 점령했는데 이 이점을 이용하지 않겠다뇨? 유송어르신을 모셔 와서 선박을 더 만들고 오키나와의 남은 소국들을 제패하면 전력은 1만이 아니라 2만 그 이상까지도 가능할 겁니다. 그런데도 지금 가겠다는 겁니까?

김도훈   대체 언제까지 지체할 건데? 1년? 2년? 10년? 아예 사후에 한다 하지 그래?

진청화   부관님.

김도훈   난 부관이 아니라, 이제 대장이야!

진청화   그럼 대장님다운 선택을 해주시길 바랍니다. 7천을 다 퍼부어도 이룰까 말까한 혁명인데 고작 함선 때문에 천오백 명만 태우겠다는 것은 모순입니다.

김도훈 내가 6개월이란 시간을 줬지 않나! 그런데도 그걸 못 만들어!

진청화 오키나와는 문명이 발전 안 된 곳이지 않습니까. 대형선박을 제조할 기술력을 여기서 누가 갖고 있겠습니까? 누가 유송어르신을 혁명에 끌어들이자고 했습니까? 선박제조만 도움을 받자고 했습니다. 그럴 때마다 일본에 가면 위험하다는 소리만 하시지 않았습니까. 우린, 이길 수 있습니다! 선박만 있으면 충분히 이길 수 있습니다. 그런데 왜 안 하시는 겁니까! 왜 아무것도 안 하시고 지금 가야만 한다고 말하시는 겁니까?

김도훈 잔말 말고 내 말대로 해. 무조건 간다.

진청화 아직은 안 됩니다.

김도훈 닥쳐!

김도훈, 진청화의 뺨을 때린다.

진청화 … 대장. 전, 아직까지도 유일하게 가겠다고 주장하는 사람 중 하나입니다. 그런 저를… 이렇게 비참하게 만들지 말아주십시오.

김도훈 그러니까 제발 좀 따라줘. 내 마지막 부탁이다. 이번에 못 가면 영영 못 갈 것 같거든. 부탁한다. 혁명의 의지가 다 재가 되어 사라져버리기 전에. 우리 김통정 대장을 위해서.

진청화 … 네. 알겠습니다.

김도훈 퇴장.

강평도   누, 누님. 괜찮아요?

진청화   하아… 그래… 부관님 말도 맞아. 더 기다렸다가는 다들 마음마저 사라질 거야.

강평도   그래서 가, 가게요?

진청화   가야지. 그러니까 너도 정신 똑바로 차려. 흔들리지 말고.

강평도, 불안한 듯 한숨을 쉰다.

이때, 자혁과 방호 등장

진청화   왜 이제 와? 어제도 술 마셨어?

자혁   마셨지. 사는 낙이 이것밖에 없는데 이것도 못 마시면 죽은 것과 다름없다고. 그렇지?

방호   저는 사는 낙이 많아서 술이 더 맛있는데요. 헤헤.

진청화   네들 지금 그런 소리가 나와?

자혁   나오지. 미쳐있는데 이런 소리가 왜 안 나오겠어? 어라? 얼굴이 왜 그래? 또 설마 그 꼴찌 부관한테 훈계했냐? 그 자식은 글러먹었다니까. 내가 몇 번 말해.

진청화   그러고 있을 때가 아니다.

자혁   왜? 태평하게 할 일도 없는데. 뭔 일이 있어?

진청화   하, (강평도에게) 말해줘.

강평도   보름 후에 탐라로 출진하신답니다.

정적.

자혁 그걸 누구 멋대로 정해! 여기 와서 확실히 드러났잖아. 그 녀석, 지도자감이 아냐. 왕실 놈들? 김방경? 그것보다 더 심할 걸. 오키나와에 우리가 점거한 이 구역 인구가 반이 줄었어. 단지 반년 만에. 그 녀석은 무기도 안 든 사람들을 지가 지도자라고 죄다 죽여 가며 포섭하고, 물들이고 있다고. 하루에도 몇 번씩. 근데 그런 놈이랑 혁명을 이룬다고?

진청화 자혁. 우리 목적을 잊었어? 한이 다 풀렸어?

자혁 한, 그건 절대 안 풀리지. 근데, 그 한이 요즘은 다른 면으로 쌓이고 있단 말이야. 나, 김도훈 저 녀석을 보면 왕실놈들이 생각 나. 고관놈들이 생각나고, 탐관오리들이 생각나고 김방경이 생각난다고. 이거 뭔가 이상하지 않아? 내가 싸워야 하는 게, 아, 누군지 모르겠는 거야. 그게 막 헷갈려. 근데, 이 상태로 탐라에 가겠다고? 난 못 해.

진청화 아니. 해야 해.

자혁 왜? 혁명을 위해서?

진청화 김통정 대장을 위해서.

자혁 그럼 솔직히 물어보자. 여기 가고 싶은 사람이 누가 있을 것 같아? (방호에게) 방호야. 너 솔직히 말해. 가고 싶어? 혁명을 이루고 싶어?

방호 … 모, 모르겠어요. 그냥, 여기가 우리 같은 천민들에게 내일이 보장된 자유의 세계잖아요. 우리가 이걸 위해서 싸워왔던 건데, 이미 얻었잖아요.

자혁　평도 너는?

강평도　전… 김통정대장께서 마지막으로 말한 제2의 혁명의 의미가 무엇이었을까, 라는 생각이 계속 듭니다. 그게 과연 왕권찬탈이었을까, 아니면 그런 놈들이 없는 세계를 만드는 것인지, 만약, 그런 놈들이 없는 세계라면… 바로 여기… 잖아요.

자혁　봐봐. 애들이 이래. 나도 그렇고. 그런데도 가겠다고?

진청화　그래서 넌 안 가겠다는 거야?

자혁　이대로 가면 개죽음이야. 분도 못 풀 걸.

진청화　난 네 상관이야. 내가 명령한다면 어떻게 할 건데? (모두 침묵하는 사이) 너희들, 너무 비겁해. 아주 지긋지긋해! 난, 지금 너희들을 보면서 느낀 건 하나야. 그때 너희들은 진짜 도망간 거였구나. 난 그게 싫어. 그게 싫어서 하는 거야. 죽어도 좋아. 그거 짊어진 상태로 사는 건 이미 죽은 느낌이니까. 난 갈 거야. 그러니까 너희들도 가. 이건 명령이야. 이대로 살지 말라고 이 쓰레기 새끼들아.

진청화 퇴장.
긴 정적이 흐른다.

자혁　제길, 평도야. 뭐부터 하면 되냐?

강평도　뭐, 뭘 말입니까?

자혁   보름 후에 탐라로 출진한다며? 그러니까 뭐부터 하면 되
       냐고?

강평도   아, 구선박에 문제가 없는지만 확인해주십쇼.

자혁   그래, 가자. 우리도. 비겁하게 살지 말자고. 우리 다 죄인이
       잖아. 도망친 죄인.

제15장

무대 전환되면 진청화, 정신 수양을 하듯 검술 연습을 하고 있다.
그러다가 강평도 조심스레 등장한다.

강평도 저… 누님. (사이) 아까는 죄송했어요. (사이) 자혁형님이랑
방호도 혁명에 참여하겠다고 합니다.

진청화 (검술연습을 계속 하며) 그냥 너희 빠져라. 그게 내 마음이 더
편할 것 같다.

강평도 저희가 빠져도 누님은 갈 거잖아요.

진청화 당연하지.

강평도 대체 왜죠? 누님은 안 두려우세요?

진청화 두려워하면 안 된다고 생각해. 김통정대장은 우리를 보내
고 자기 혼자 남아 15만군과 싸웠을 때 두렵지 않았겠니?
분명 두려웠을 거야. 근데도 약한 모습을 보일 수 없는 건
우리 때문이었을 거라고.

강평도 신기해요… 누님께서 그런 생각을 한다는 게.

진청화 난, 대장이 두려워하는 걸 봤으니까.

강평도 … 네? 정말요? 대장도 두려워한다고요?

진청화 어, 근데 오히려 그걸 알고 나서 난 더 좋았어. 대장을 믿
을 수 있게 되었으니까.

강평도 무슨 말인지 잘 모르겠어요.

진청화 예전에 난 아무도 믿지 못했어. 부모님이란 사람마저도 빚 더미에 시달려서 날 고관에게 팔아넘겼거든. 부모님은 날 위해서라고 했는데, 내가 그 고관놈 집에 들어가서 가장 먼 저 배운 게 뭔 줄 아니? (무언가 과거의 소리가 들리며) … 교접 이었어. 그래서 아무도 못 믿었어. 남자뿐만이 아니라 모든 사람들을! 그 지옥을, 그 지옥을 벗어날 수만 있다면!

진청화, 뿌리치듯 뛰쳐나간다. 죽기 살기로. 그러다가 무언가 공포 스러운 것을 발견하고는 멈춘다.
불이 나는 광경이 보이듯 무대 빨갛게 일그러진다.

김통정 위에 있는 자라면, 높은 마음으로 아래를 헤아려야 하는 법. 헤아릴 수 없는 자가 위에 있다면, 자리를 바꾼다. 모 두 척살하라!

김통정과 불이 나는 광경을 보며 구원을 얻은 듯 눈물을 흘리는 진청화.
불이 꺼지고 진청화에게 다가오는 김통정, 마주 보는 둘.

진청화 그때 대장을 만났어. 하지만 그날 밤… (신음소리가 들리며) 우 연치 않게 야밤에 대장의 막사에서 신음소리가 들리는 거 야. 그래서 뭔가 '아, 이 새끼도 결국 그런 새끼구나' 하는 생각을 해서 궁금해서 몰래 들여다봤는데 대장의 등에 누군가가 칼로 무슨 글자를 새기고 있더라고. 그 등에 뭐가 쓰여 있는 줄 아니? 이제껏 자기 때문에 죽은 부하들의 이름이 빼곡히 다 적혀있었어. 대장은 전쟁을 치를 때마다 항상 그렇게 바보처럼 울면서 사람들을 자기 몸에 새기면서 떠나보내는 거였더라고. 그때 느꼈어. 이 사람만큼은 믿을 수 있는 사람이라는 걸. 그래서… 난 가야 해. 우리를 잃을까봐 늘 두려워했던 대장을 위해서. 날 사람답게 대해준 유일한 사람인 대장을 못 지킨 것을 풀기 위해서.

강평도. 진청화의 말에 아무 말도 잇지 못하고 그저 멍하니 진청화를 바라본다.
무대 전환되면, 자혁과 방호. 배를 정비하고 있다.

자혁	갑판 쪽은?
방호	문제없습니다.
자혁	조타실도 확인해봤어?
방호	네.

자혁, 방호, 배를 둘러보다가 유송이 머물렀던 숙소에 들어온다.

자혁	여긴 그대로네. 어제까지 영감이 있다간 것처럼 뭐 하나 정리된 것이 없네.

방호　　유송어르신께서 일본에서 내린 후로 바로 사흘도 안 돼서 전쟁을 치렀으니까요.

자혁　　하긴, 다들 정신없었으니, (사이) 미안하오, 영감. (사이) 여긴 그냥 넘어가자.

자혁, 넘어가려는 순간, 유송의 숙소에 꽂혀있는 책들을 본다.
대수롭지 않게 넘어가려는 순간, 갑자기 멈춰선다.

자혁　　잠깐만.

방호　　왜죠?

자혁, 갑자기 유송의 숙소에 꽂혀있는 책들을 주의 깊게 훑어본다.
그리고 무언가에 홀린 마냥, 흥분하는 자혁. 책들을 꺼내어 펼쳐 본다.

방호　　무섭게 왜 그러세요?

자혁　　방호야. 영감님 일본에서 확실히 내린 거 맞아?

방호　　네. 내렸다고 들었지 않았습니까?

자혁　　본 사람은 있대?

방호　　음… 그건 못 들은 것 같은데요. 그냥, 그때 김도훈 부관님 이 내렸다고 했잖아요.

자혁　　방호야. 이 책들 말이야. 영감님이 쓴 역사서야.

방호　　뭐, 항상 쓰셨으니까, 여기 당연히 있는 거죠.

자혁   아니, 그게 아니라 영감님 성격에 이걸 두고 갈 성격이냐
         고 묻는 거야.

방호   절대 아니죠. 항상 어디를 가도 책들을 싸서 다녔는데요.

자혁   그럼, 왜 이걸 두고 갔지? 자신이 일본에 내려서 평생 살
         게 될 판국인데,

사이.

방호   그, 그, 그… 그러네요!

자혁   밖에 누가 오는지 확인해보고 문 걸어 잠궈.

자혁 책들을 확인해보다가, 문득 책상에 고스란히 놓인 책 한 권
을 발견한다.

무언가 직감한 듯 의미심장하게 펼쳐보는 자혁.

잠시 후, 책장을 펼치다가 어느 쪽에서 멈춰 선다.

방호   왜… 왜 그러세요?

자혁   방호야. 평도와 청화 불러. 부관 눈에 띄지 않게. 어서.

방호 퇴장.

자혁   (유송의 역사서를 읽으며) 원종 1273년, 9월. 삼별초 제2혁명
         군 대장, 일본과의 암묵적 거래. 이 거래의 조건 중 첫째

는 고려정부 김방경 수장의 딸을 포로로 넘길 것. 두 번째 는 여자주민들 127명을 노예로 넘길 것. 결국, 삼별초를 살려 보내는 조건 하에 김도훈대장은 이 거래를 받아들였 다. 나… 나는,

자혁이 책을 읽는 소리와 함께, 유송 등장.

유송 탐라의 주민들이 혁명이라는 이름으로 세뇌되어 군인이 되는 것도 반대하기에, 이들을 더 이상 희생시키지 않기 위해 남은 주민들과 오키나와로 가서, 새로운 역사를 만 들어보고자 한다. 난, 더 이상 고려인이 아니며 삼별초도 아니기에 사관 유송의 고려의 역사는, 1273년 9월로 막 을 내리겠다. 오키나와에서 새로운 역사가 시작되기를 고 대하며…

자혁, 책을 덮으며 유송 퇴장.
자혁, 울분을 참듯 몸이 파르르 떨린다.
이때, 방호와 진청화, 강평도 등장.

방호 다들 불러왔습니다.
진청화 무슨 일이야? 갑자기?
강평도 형님. 안색이 좋지 않습니다.
자혁 난… 혁명, 그 따위 것 이제 안 해.

진청화 또 그 말 하려고 이 난리를 친 거야?

자혁 (유송의 역사서를 가리키며) 다들 읽어봐.

자혁, 퇴장한다. 진청화와 평도. 방호 자혁을 의아하게 바라본다.
그러다가 진청화가 책을 펼친다. 방호와 강평도도 진청화 옆에서
책을 본다.
이들의 표정. 천천히 얼어붙는다.

진청화 평도야, 방호야. 네들… 일본 좀 갔다 와야겠다.

종장

보름 후, 출항하는 날. 새벽. 배 갑판.

무대 밝아지면 김도훈 갑판 위의 제단 위에 올라, 관중들(군졸들)을 바라본다.

김도훈   제군들은 기억하는가. 탐라에서 우리 삼별초의 의지를 끝까지 지킨 김통정 대장을 기억하는가. 우리는 그저 바라볼 수밖에 없었다. 제2의 혁명이라는 이유로! 우리가 그날 도망치지 않았다는 것은 내일, 우리의 행동으로 증명되는 것이다. 내일, 우리는 김통정 대장의 의지를 이어받아, 삼별초로서 고려에 새 역사를 다질 것이다. 날이 밝으면 출항한다. 모두 땅 위에 서 있는 오늘을 잊지 마라.

김도훈, 함장실로 들어온다.

진청화가 대기 중이다.

진청화   모든 준비는 다 끝냈습니다.

김도훈   그래. 고생했다. 출항할 때 보고하도록.

진청화   네.

진청화, 퇴장.

김도훈이 홀로 사색에 잠기며 밤에서 해가 뜨는 시간의 경과가 표현된다.

김도훈   … 대장. 듣고 계십니까? 이제, 다 끝났습니다. 어떤 결과가 나오든 나는, 오늘로써 도망치지 않은 삼별초가 됩니다. 내가 말씀드렸지 않습니까. 혁명을 위해 이런 선택을 했다는 걸 증명해보이겠다고요! 그걸 제가 해냈단 말입니다. 근데, 아직까지 궁금하게 하나 있습니다… 대장. 대장은 그때 진짜 무슨 깃발을 들 생각이었습니까? 하아…

해가 뜬다.

김도훈   출항할 때가 되었는데, 왜 아직까지 보고가 없는 거야. 서두르지 못하고.

김도훈, 아무리 기다려도 오지 않자, 갑판으로 나간다.

김도훈   다들 뭐하는 거야! 출항할 시간이 되었는데 왜 아직까지,

김도훈, 갑판에 아무도 없는 것을 확인한다.

김도훈   조타실! 파수대! 돛대! 측량실!

아무 대답이 없자 김도훈, 바로 선착장을 바라본다. 선착장에도 아무도 없는 것을 확인한다.

김도훈   뭐, 뭐… 야. 다들 어디 간 거야… 이봐! 아무도 없어? 아무도 없냐고! 이봐!

이때, 뒤에서 자혁, 등장한다.

자혁   있을 리가 있겠소? 당신만을 위한 혁명인데.
김도훈   지금 이게 뭐하는 짓거리야! 빨리 애들 안 모아!
자혁   백날 불러보쇼. 아무도 안 올 거요.

이때, 옆 함선에서 돛대가 무너지는 소리가 들린다.

김도훈   아, 안 돼. 내 배. 내 배.

그리고 다른 함선들에서도 돛대가 무너지는 소리가 연이어 들린다.

김도훈   안 돼!

그리고 진청화, 강평도, 방호 등장

김도훈   왜 이제 와! 지금 돛대들이 무너지고 있는 거 안 보여! (자혁을 가리키며) 이 개자식이 무슨 꿍꿍이를 벌이고 있는 거라고. 당장 모두 집합시키고 이 녀석을 투옥해.

모두 미동도 없다.

김도훈　내 말 안 들려!

자혁　자, 여기도 돛대 잘라버려.

김도훈　개 같은 소리 그만하고 출항하라고!

진청화　부관님. 이 배 출항 안 할 겁니다.

김도훈　무슨 소리야! 어서 해! 어서 하라고!

이때, 자혁, 보다 못 해 김도훈을 걷어찬다.

김도훈　이것들이!

자혁　말했지, 너만을 위한 혁명인데 누가 오냐고? 없어. 아무도 없어. 아무도 안 와. (사이) 아직까지 감이 안 잡히냐?

강평도　뭐 말하고 싶은 건 하나도 없습니까?

방호　저도 그게 궁금해요. 부관님. 하나도 없어요? 저희한테 말할 게요.

김도훈　네들 지금 뭐하는 거야? 왜 이래?

진청화　그럼 내가 한 가지만 물어봅시다. 영감님은 일본에 계십니까?

김도훈　그… 그럼… 일… 일본에 있지… 일본에서 내렸다고 했잖아!

자혁　　진짜 이 새끼가!

자혁, 김도훈을 한 대 더 걷어찬다.

진청화　다시 한 번 물어볼게요. 진짜 영감님 일본에 계십니까?

김도훈　있어, 있다고!

강평도　그럼 여월… 아씨는요?

김도훈　당연히 일본에 있겠지…

강평도　확신해요?

김도훈　있을 거야. 그때 내린 거 봤잖아.

방호　　그럼 여자주민들은요?

김도훈　영감이 잘 돌보고 있을 거라고.

진청화　마지막으로 묻겠습니다. 진짜 이들이 다 일본에 무사히 있을 거라고 생각하시나요?

김도훈　… 어.

진청화　지난 일주일 동안! 평도가 일본을 샅샅이 뒤졌어요. 탐라 주민들은 흔적조차 찾기 힘들었어요. 노예로 팔려가서 이미 죽은 사람들이 절반 이상이고, 살아있는 사람들은 마음이 다 죽어있더라고요. 그들은 노예가 아니었는데, 평민 이었는데 왜 노예가 되었나요?

김도훈　그걸… 내가 어떻게 알아?

진청화 주먹으로 김도훈을 후려친다.

진청화 이제 좀 인정하시라고요!

김도훈 뭘, 뭘 인정해?

진청화 여월아씨는 어떻게 되었는지 알아요? 당신이 여월아씨를 포로로 넘긴 걸, 일본놈들이 화친의 이유로 고려정부에 넘겨서 김방경이 모두 다 보는 앞에서 목을 베었대요. 일본놈들이 어떻게 여월아씨가 김방경의 딸인 걸 알았을까요?

김도훈 그걸 내가 어떻게 알아?

강평도 제발 인정 좀 하라고요! 어떻게든, 자기 신분을 버리고 고려를 떠나 삼별초로서 김통정대장의 곁에 있고 싶어 했던 그 아씨를 당신이 죽였다고요!

김도훈 난… 난… 모르는 일이라고!

자혁, 유송의 역사서를 김도훈에게 펼쳐 보인다.

자혁 봐, 봐. 이 새끼야. 이래도 모르는 일이라고 말할 거야?

김도훈 난… 몰라… 모른다고…

자혁 영감은 어떻게 했어? 애네들이 죄다 찾아봤는데, 영감의 소식은 아예 들리지가 않더라고. 어떻게 했어? 대답해. 대답해. 이 새끼야!

자혁, 김도훈을 마구 구타한다.

자혁 오키나와로 가서 살아보겠다는 그 영감을, 70먹도록 제대로 된 역사를 기록하지 못해서 어떻게든 진실을 쓰려고 했던 그 영감한테, 너는! 모두를 속이게 하는 짓거리를 시킨 거야! 왜 그랬어? 왜 그랬어, 이 새끼야.

김도훈 내가 그런 게 아냐! 혁명이야! 대의명분이야! 대장의 의지가 그렇게 만든 거라고!

방호 그게 무슨 혁명입니까? 그게 뭐가 대의명분이에요? 당신은 진짜 미쳤어요.

김도훈 우린… 삼별초잖아. 우린, 새 시대를 만들어야 하잖아. 웅? 그렇잖아. 그러니까 그럴 수 있는 거야. 아니, 그래야만 하는 거야.

진청화 하, 혁명… (방호에게) 방호, 평도. 여기 돛대 다 부숴버려.

방호 아예 수장시켜버리겠습니다. 그 빌어먹을 혁명.

방호, 평도 퇴장.

김도훈 안 돼… 배만큼은 절대 안 돼…

자혁 김도훈. 너… 어떻게 그럴 수가 있냐? 지금 이 상황에서 어떻게 계속 혁명, 혁명 핑계를 댈 수가 있냐고? 난 왜 네 입에서 사람 같은 말을 들을 수가 없는 거냐고!

김도훈 네들이 존경하는 그 대장이 나한테 이렇게 살라고 했어. 아니, 삼별초가 날 이렇게 살게 했어. 이 세상이 날 이렇게 살게 했어. 그러니까… 어서 출항해. 이 새끼들아!

진청화 대장의 이름을 먹칠하지 말라고!

김도훈   내가 대장이야. 내가 김통정이라고! 내가 삼별초 수장이
라고! 삼별초한테는 내 말이 곧 법이고, 내 생각이 네들의
신념이 되어야 한다고!

이때, 돛대 무너진다.

김도훈   아… 안 돼!

잠시 후 강평도 방호 등장한다.
김도훈, 털썩 주저앉아 넋이 완전히 나간 듯, 멍하니 허공만을 보
고 있다.

방호   이제 어떻게 할까요?
강평도   무조건 죽입시다. 생각할 필요 없어요.
자혁   아니, 생각은 필요하지. 어떻게 죽여야 저것을 더 고통스
럽게 죽이는지 우린 생각해야한다고. 왕실놈들이 우리한
테 했던 것처럼 끔찍하게 가는 거야. 저 새끼가 나한테는
왕실이고, 고관이고, 탐관오리니까.
강평도   저한테는 저놈이 김방경이에요. 내가 삼별초라는 이유만
으로 내 주인을 삼별초로 몰아 죽인 새끼나 다름없는 놈
이죠.
진청화   나한테 저놈은 이 세상을 등지고 싶게 만들었던, 가장 흉
측한 괴물이야. 아주 천천히 도려내보자고. 김통정대장의

한을 조금이라도 풀어보자고. 나한테는 이게 혁명이야.

진청화, 자혁, 강평도, 방호 살의에 가득 찬 느낌으로 김도훈에게
다가간다.
이때, 실성한 듯 사람 같지 않은 느낌으로 히스테릭하게 웃는 김
도훈.
김도훈의 모습을 보자 소름끼쳐하는 진청화, 자혁, 강평도, 방호.

김도훈　　히히히, 히히히히히히! 맞아. 세상은 그래. 세상은 늘 이렇
게 비겁해. 네들은 말은 그렇게 하면서, 실은 혁명을 두려
워하고 있는 거라고. 네들은 그때 도망간 거야. 나만이 제
2의 혁명을 준비한 거야. 네들은 삼별초가 아니야. 나만이
삼별초야. 네들은 다 배신자야. 나만이 충신이야. 네들은
다 반란군이야. 나만이 혁명가야. 그러니 난 갈 거야… 탐
라로… 대장을 위해, 그리고 혁명을 위해, 새 시대를 위해!

김도훈 두 칼을 뽑는다.

진청화　　그래, 가보자. 저마다의 혁명을 위해!

김도훈과 진청화, 자혁, 강평도, 방호 처절하게 싸운다. 서로가 죽
을 그 순간까지!
그러다가 김도훈이 진청화의 칼에 베이면 털썩 주저앉는다.

김도훈 숨이 끊어져가는 것을 지탱하며 호흡을 고르는 이때, 김도훈에게 들리는 김통정의 소리.

김통정의 환영이 등장하며 김도훈을 제외한 모든 인물들 정지한다.

김통정 넌 이 상황에서 뭐가 제일 화나냐?

김도훈 대… 대장?

김통정 무엇 때문에 싸우고 있는지 모르겠다며? 그걸 한 번 되짚어보자고.

김도훈 대장…

김통정 그것보다 원초적인 건 뭐 없어? 네가 진짜 화 나는 거.

김도훈 (무언가를 깨달은 듯) 흐, 흐흐. 흐흐흐흐히히히히히히히, 키키키키키키키키키키키키키 크키키키캬아아아아아아아아아아아아아아아아아아아아아아아아아아아아악!

김도훈, 다시 두 칼을 꽉 쥔 채 김통정을 보며 일어서서 김통정에게 칼을 휘두른다. 분노의 칼을!

김도훈 나는 삼별초다. 고려정부의 개, 삼별초가 아니라!

김통정 핍박받는 천민들과 노예들을 지킬!

김도훈 내 가족들을 지킬

김통정 삼별초다!

김도훈 이 나라를 외적들에게 팔아먹으려는 놈들을 처단할 삼별초며!

김통정　　그 누구라도 내일이 보장된 세계를!

김도훈　　이 땅에서 열!

김통정 · 김도훈　삼별초다!

　　　둘의 끝나지 않는 싸움 처절하게 이어지며 무대 천천히 어두워진다.

　　　−막−

작가노트

1. 작의

'인간은 정치적 이념이 씌면, 정치적 이념으로 의한 죄를 지어도
그것을 정당한 일이라고 믿게 되며, 이것의 반복은 인간을 괴물로 만든다.'

　본 작품의 창작은, 과거로부터 오늘날까지 정치적, 대의명분이라는 말로 악행을 저질렀음에도 불구하고 이것을 정당한 일이라고 여긴 인물들을 통해, '그 주장의 근원은 무엇이었을까'라는 의문을 갖고 시작되었다. 그래서 작가로서 관심 있던 고려 무신정권 시대의 마지막 역사인 삼별초에 주목할 수밖에 없었다. 삼별초의 최후의 항쟁은, 100년간 이어져 온, 무신정권 시대의 마지막을 볼 수 있기 때문이다. 즉, 왕실과 외세인 몽골, 그리고 오랜 시간 왕실을 발아래 두었던 무신들의 몰락 이후, 무신들로부터 소외 받았던 또 다른 무인들인 삼별초의 마지막을 통하여, 당시 수많은 '변혁'을 통한 '정치적 모순점'을 느낄 수 있기 때문이다. 그리고 그 모순점으로부터 희생된 수많은 아픔을 느낄 수 있고, 그 모순점을 통해 오늘날을 다시 생각해볼 수 있을 것이다.

본 작품의 주인공 '김도훈'은 삼별초의 최후의 항전 때, '제2의 혁명'이라는 명분으로, 최후의 항전을 치르지 않고 도망갔다. 그 후, 김도훈은 자신이 벌이는 모든 악행은 '제2의 혁명'을 위한다는 명분으로 정당한 일이라고 여긴다. 이러한 행동들이 반복됨에 따라 주인공 김도훈의 행동은 더욱 과감해지며 '혁명이라는 정치적 이념'에 반하는 모든 것들을 희생시킨다. 이것이 실제로 비인간적, 비인륜적 행동임에도 말이다. 즉, 혁명적 대의명분이라는 말로 정치적 괴물이 탄생한 것이다.

세계 역사 속에서도 이러한 현상은 비일비재하게 나온다. 콜럼버스도 신대륙을 발견했을 때, 신대륙 발견이라는 이상으로 대의명분에 쓰였고, 그 결과는 후에 신대륙을 점령하고자 수많은 원주민들의 살상을 낳는 비극까지 낳았다. 그들의 살상은 모두 신대륙 개발이라는 원대한 국가적 꿈이라는 것에 묻혀버렸다. 나아가 오늘날 역시 만연하게 일어나고 있는 테러나 전쟁 역시도 마찬가지이다. 국가적 지시 하에 민간인을 사살한 군인이나, 이것을 명령하거나 지휘한 지도자급 등 이들은 '새로운 시대'를 열 도약점이라고 믿었고 이 사상에 의해 행해진 결과에 있어서는 정당한 일이라고 믿게 된다는 것이다. 그것이 죄스러운 행동임에도 불구하고 말이다.

이들은 다 왜 그랬을까? 바로, '대의명분'의 악용의 폐해다. 인간이 정치적 이념, 나아가 정치적 이념뿐만이 그 이상의 이념 역시도 공적으로 악용되는 순간, 이 이념을 갖고 행한 악행은 모두 정당화가 되어 어느새 인간의 존엄성마저 잃어버리는 괴물이 된다. 이것은 바로 대의명분이 악용되어 태어난 사회적 괴물들이다. 이러한 사례들을 우린 역사 속에서도 그리고 오늘날에서도 무궁무진하게 목격을 하고 있다. 이처럼 애석하게도 '정치적 이념'을 맹신하여 벌인 악행들을 정당화하는 주장들은 오늘날 역시도 비일비재하다. 그렇기 때문에 〈최후의 전사〉의 이 작품적 질문들은, 오늘날과의 접점이 될 것이라고 생각한다.

2 〈최후의 전사〉의 시대적 배경

〈최후의 전사〉는 고려시대의 12세기 후반부터 13세기 후반까지 100여 년간 이어진 무신정권이 몰락하고 난 이후, 삼별초 항쟁의 마지막인 '탐라항전'을 소재로 한 극이다. 100여 년간 이어져온 무신정권은 오직 칼 하나만으로 왕실을 자신의 발아래에 두어, 폭정을 이어갔다. 또한, 고려왕실 역시도 오랜 시간 무신들로부터 빼앗겼던 내부정권을 장악하고자 외세인 몽골의 힘을 끌어들이는 비운의 시대였다. 즉, 이 시대는 무엇이 맞는지도 모르듯 내부정권 장악을 위한 숱한 살육전이 펼쳐지는 시대였다. 즉, 이 현장에서 힘없는 백성들의 고통은 날이 갈수록 더해졌다.

이러한 시기에 '삼별초'는 무신정권으로부터 만들어진 특수부대이지만 무신정권의 내부정권 장악을 위해 온갖 희생은 다 하면서, 수혜는 받지 못하는 무신정권의 수혜세력이 아닌 소외 받은 세력에 불과했다. 그래서 삼별초는 시간이 지남에 따라 왕실과 무신정권으로부터 온갖 혁명, 정권쟁탈에 이용당하기만 하였다. 결국, 삼별초는 자신들의 '내일이 보장된 세상'을 만들고자 '왕정복고'를 위하여 왕실을 도와 무신정권을 몰락시켜 새 시대를 열었다.

하지만 당시 고려왕실은 새 시대가 오자마자 몽골세력(원나라)을 고려 땅에 적극적으로 끌어들였으며 몽골이 요구하는 수도를 강화도에서 개경으로 옮기는 것을 단행했다. 이것은 삼별초가 원하는 '왕정복고'가 아니었다. 또한, 삼별초는 그간 100여 년간 몽골과 대항했던 무신정권의 아류세력으로 간주되어 몽골로부터 보복의 대상이 되었다. 즉, 삼별초는 왕정복고를 위하여 왕실을 도와 새 시대를 열었지만, 그 새 시대는, 삼별초가 원했던 새 시대는 아니었던 것이다. 즉, 여전히 삼별초에게는 '내일이 보장된 세상'은 존재하지 않았고, 자신이 칼을 들었던 이유 중 하나였던 '왕정복고' 역시도 몽골이 고려 땅에 완전히 들어오게 되어 이루지 못하게 된 것이다. 그렇기 때문에 삼별초들은 대몽항쟁의 신념과 더불어, 자신들을 지키기 위하여 칼을 들었다. 이것이 삼별초 항쟁의 시작이다.

이렇듯 〈최후의 전사〉는 무신들과 왕실로부터 소외된 삼별초들의 이야기를 다루고 있으며, 3년간 이어졌던 삼별초 항쟁의 마지막인 탐라 최후의 항전(1273년)을 배경으로 극은 시작된다.

3. 이해 돕기

　본 작품은 역사적 사실을 기반으로 작가의 상상력이 더해진 팩션 희곡이다. 우선 인물에 대해 파헤쳐보자면, 본 작품에서 나오는 실존 인물은 김통정과 작품 외적으로 나오는 고려정부의 수장 김방경이며, 가상 인물은 본 작품의 주인공인 김도훈과 더불어 제5군인 진청화, 자혁, 유송, 강평도, 방호, 여월이다.

　〈최후의 전사〉는 제5군이 삼별초 최후의 항전을 치르지 않고 김통정이 언급했던 제2의 혁명을 위한다는 말로 고려 땅을 벗어나 제2의 혁명을 시작하는 이야기이다. 그렇기 때문에 〈최후의 전사〉의 시작은 삼별초의 마지막 수장인 '김통정'의 희생으로부터 본격적으로 시작된다.

　본 작품에서 김통정은 삼별초 최후의 항전을 이끌었던 수장이며, 제주도의 신화적 전승도 많은 부분 있는 만큼, 실존 인물이지만 신화적 인물 같은 이미지를 형상화하고 있다. 그렇기 때문에 완벽한 영웅상이자 과거의 인물로 극 안에서는 기능한다. 그리고 본 작품의 핵심인물인 제5군에 속한 김도훈, 유송, 진청화, 자혁, 방호, 강평도, 여월은 가상인물이지만, 그 당시 삼별초에서 이름을 남기지 못했던 여러 유형의 인물들을 상징한다. 실제로 삼별초가 강화도에서 출발할 때 삼별초들이 1만 5천명으로 추정되었는데, 오늘날까지 이름이 남아있는 삼별초 인물들은 본 작품에서 언급되는 '배중손'과

'김통정'을 비롯하여 15인 정도다.

또한, 〈최후의 전사〉의 창작 영감 중 큰 부분으로 차지했던 것은 바로 탐라가 함락되자 삼별초들의 일부 세력이 오키나와로 피신했다는 설이다. 일본 학자로부터 나온 이 설은 아직 일반화되지는 못했다. 하지만 이 설을 뒷받침해주는 여러 근거가 있는데 그 중 하나는 오키나와의 성에서 출토된 기와명문에. 1273년 계유년에 고려의 기와 장인이 만들었다는 글귀가 있다는 것이다. 1273년은 당시 탐라항전의 삼별초와 많은 부분 연관 지어 생각할 수밖에 없다.[1] 작가적으로 이 부분은 강한 창작 영감이 되었다. 그래서 본 작품에서는 이 일설을 기반으로 하여, 삼별초의 신념이 담긴 '제2의 혁명'을 구축하였다.

그래서 본 작품은 팩션희곡이지만, 초반부인 '서장'부터 '2장'까지는 실제 역사에 가깝고 '제2의 혁명'이 시작되는 '3장'부터는 픽션인 점을 밝힌다.

4. 고려 무신정권 대서사시에 관하여

나는 오랜 시간 '고려시대 무신정권'에 빠져 있었다. 고려 무신정권의 시대상을 느끼며 많은 부분 아꼈기 때문이다. 그래서인지, 10년 정도 고려 무신정권을 연구하며, 이 시대의 이야기를 창작해왔

---

1) 이승한, 『고려무인이야기4』, 푸른 역사, 2005, p399.

다. 처음 무신정권에 관한 이야기를 써보기로 다짐했을 때, 5부작을 생각하고 썼었다. 그중 첫 번째로 발표된 작품이 2016년 창작산실 연극부문 올해의 신작이었던 〈혈우〉였다. 이 작품은 5부작 중 2편에 해당하는 작품이었다. 그리고 두 번째로 발표된 작품이 2017년 대전창작희곡공모에서 우수상을 수상하여 공연작품으로 꺼내어진 〈최후의 전사〉였다. 〈최후의 전사〉는 후에 2021년 극단 혈우에서 다시 희곡 기반의 내용을 살려 공연되었다. 이 책에 실린 〈최후의 전사〉는 5부작 중 5편에 해당하는 작품이다. 그리고 2020년 제주 신화 원천소스 스토리공모에서 대상을 수상한 작품인 〈용의 아이〉가 세상에 나왔다. 〈용의 아이〉는 스토리 사업의 일환이었던지라, 스토리가 원천소스가 되어 다양한 장르로 발전이 되고 있는데, 〈용의 아이〉 역시도 본인이, 희곡으로 발전시켜 연극으로 만나볼 수 있게 할 것이다. 〈용의 아이〉는 무신정권 5부작 중 4편에 해당하는 작품이다. 1편과 3편에 해당하는 작품 역시도 거의 완성이 되어간다.

　무신정권 5부작 중 가장 마지막 편에 해당하는 〈최후의 전사〉가 출판은 가장 먼저 되었다. 그래서 이 순간 작가로서 또 하나 다짐했다. 남은 4편 역시도 언젠가 출판하여 독자를, 그리고 관객을 만날 날들을 고대해보기로.

　그리고 난, 시대극을 사랑한다. 언젠가 오늘날도 한 시대로 남을 것이다. 하지만 시대극이라는 것은, 시대와 시대를 연결하는 관통극이다. 그래서 난, 앞으로도 시대극을 창작할 것이다. 시대극을 사랑하는 젊은 창작자로서.

한국 희곡 명작선 126

최후의 전사

초판 1쇄 인쇄일   2022년 11월 1일
초판 1쇄 발행일   2022년 11월 7일

지 은 이   한민규
만 든 이   이정옥
만 든 곳   평민사
　　　　　서울시 은평구 수색로 340 〈202호〉
　　　　　전화 : 02) 375-8571 / 팩스 : 02) 375-8573
　　　　　http://blog.naver.com/pyung1976
　　　　　이메일 pyung1976@naver.com
등록번호   25100-2015-000102호
ISBN   978-89-7115-068-9 04800
　　　　　978-89-7115-663-6 (set)
정　　가   9,000원

이 책은 사단법인 한국극작가협회가 한국문화예술위원회의 2022년 제5회 극작엑스포
지원금을 받아 출간하였습니다.